Lost & Dark
Berlin

Kapitel 17:
Das ehemalige Riesenrad wird aktuell saniert und soll 2024 wieder aufgebaut werden.

Corinna Urbach | Christine Volpert

Lost & Dark Places
BERLIN

33 vergessene, verlassene und unheimliche Orte

BRUCKMANN

Kapitel 2: Kernkraftwerk Rheinsberg

Inhalt

Kapitel 7:
Lost City Jüterbog

Kapitel 17:
Spreepark Berlin

Kapitel 23:
Ministerium für
Staatssicherheit

Vorwort

Geschichten vergangener Tage

In keiner anderen Stadt Deutschlands kann man so viel Historie hautnah erleben wie in Berlin. Durch die wechselvolle Vergangenheit könnten zahlreiche alte Gebäude und Ruinen sicher einmalige Geschichten erzählen. Auch wenn sich Berlin in den letzten Jahren immer rasanter verändert, gibt es dennoch viele verlassene Orte und baufällige Häuser, um die sich scheinbar niemand mehr kümmert. Lost Places finden sich in der Hauptstadt und auch in Brandenburg an diversen Orten. Einige wurden in den vergangenen Jahren aufwendig saniert, viele stehen weiterhin leer. Wind und Wetter haben ihre Spuren hinterlassen, Bäume wachsen auf den Dächern, Fenster sind eingeschlagen. Solche Orte versprühen zurecht für viele eine Faszination. Lost Places haben oft etwas Düsteres und Geheimnisvolles. Eine gewisse morbide Schönheit. Gleichzeitig schwingt auch eine Art Melancholie mit. Warum stehen diese teilweise so schönen Gebäude seit Jahren leer? Es ist schade und traurig, und mit jedem weiteren Jahr Leerstand wird ein Abriss vermutlich unausweichlicher. Bis dahin kann man sich die Vielzahl an Lost Places in Berlin und Brandenburg aber noch ansehen. Zumindest von außen, denn es gilt stets »Betreten verboten«. Auch wenn es oft nicht den Anschein macht, haben alle Gebäude und Gelände einen Eigentümer. Wie bereits erwähnt, werden einige der Lost Places nach und nach saniert. Es kann also sein, dass so zum Zeitpunkt der Veröffentlichung des Buches einige Lost Places gar nicht mehr so »lost« sind.

Die Zeit steht still

Bei den verlassenen Orten in diesem Buch ist die Zeit wahrlich stehen geblieben. Bei unserer Recherche sind wir auf Hunderte verlassener Gebäude gestoßen. In diesem Buch haben wir eine bunte Mischung zusammengestellt. Dabei war es auch für uns als Ur-Berliner interessant, zum einen die Geschichte verlassener Gebäude zu erfahren, an denen wir schon häufig vorbeigefahren sind. Zum anderen haben wir bei der Suche Orte und Ecken unserer Stadt entdeckt, die wir so noch nicht kannten. Die Auswahl von Lost Places in Berlin und Brandenburg ist dabei so vielfältig wie die Geschichte und die Region an sich. Die berühmten Beelitz-Heilstätten, verlassene Kasernen und VEB-Betriebe sind sicher vielen ein Begriff. Darüber hinaus finden Sie in diesem Buch aber auch ein Kernkraftwerk, ein wunderschönes Herrenhaus, ein Krankenhaus und sogar ein Schiff – allesamt verlassen und vergessen.

VEB Betriebe im Dornröschenschlaf

Was bedeutet VEB? VEB ist die Abkürzung für Volkseigener Betrieb und war die gängige Betriebsform in der DDR. Der Name ist jedoch etwas irreführend. Die Betriebe gehörten natürlich nicht dem Volk, sondern dem Staat. Diese Betriebsform entsprach jedoch der kommunistischen Philosophie vom gesellschaftlichen Eigentum. Produktionsbetriebe in der DDR gingen so nach und nach in Volkseigentum (also Staatseigentum) über. In vielen Fällen jedoch nicht freiwillig, sondern durch Enteignung und Verstaatlichung.

Kapitel 19: VEB Kraftfuttermischwerk in Fürstenberg

Verhaltensregeln im Lost Place

Rechte Seite: Kapitel 7: Panzerkaserne Forst Zinna

1. Behandeln Sie die Orte mit Respekt Jedes Bauwerk und jedes Gebäude erzählt eine Geschichte aus vergangenen Tagen. Dies gilt es zu schützen. Und auch wenn es teilweise nicht so aussieht, hat jeder Lost Place einen Eigentümer. Das sollten Sie respektieren. Betreten Sie keine Gebäude oder Grundstücke unbefugt, zerstören oder beschädigen Sie nichts, öffnen Sie nichts gewaltsam. Sind Fenster oder Türen verschlossen, soll das auch so bleiben. Gehen Sie in jedem Fall respektvoll mit dem Ort um.

2. Nehmen Sie nichts mit, lassen Sie nichts da Wenn Sie etwas von einem Lost Place mitnehmen, und sei es noch so klein, ist es Diebstahl, denn alle diese Orte haben einen Eigentümer. Daher gilt die Regel: Alles bleibt, wie es ist. Belassen Sie es bei den schönen Einblicken und Fotos, die Sie an solchen Orten machen. Das bedeutet auch: Lassen Sie nichts zurück. Keine Essensreste, keine Kaugummis, keine Zigarettenkippen.

Kapitel 22: Verbotene Stadt Wünsdorf

3. Rauchen verboten Das bringt uns zum nächsten Punkt: Rauchen ist hier generell verboten. Zollen Sie dem ehrwürdigen Ort Respekt und verzichten Sie für die Zeit, die Sie da sind, auf das Rauchen. Zigarettenkippen brauchen nicht nur 15 Jahre zum

Verrotten (sie sollten übrigens nirgends achtlos weggeworfen werden), sondern sie können schnell ein verheerendes Feuer verursachen.

4. Keine Graffitis Dass Sie nichts hinterlassen sollen, gilt auch für »Kunstwerke« an den Wänden. Lassen Sie Wände und Mauern, wie sie sind. Auch die Menschen nach Ihnen sollen den Ort so erleben können, wie er ist.

5. Seien Sie vorsichtig Vorsicht ist besser als Nachsicht. Das gilt vor allem bei Lost Places. Marodes Holz, verrostete Geländer, einsturzgefährdete Decken, lockere Böden (teilweise befinden sich noch Kellergeschosse darunter), eingeschlagene Fenster – die Liste der Gefahren an solchen Orten ist lang. Seien Sie daher immer wachsam. Begeben Sie sich niemals in Gefahr – auch nicht für das eine Foto. Das ist es nicht wert. Treppen und obere Etagen sind eine gängige Gefahrenquelle. Schauen Sie sich den Zustand der Treppe und der Decke genau an. Nehmen Sie auch eine Taschenlampe für dunkle Räume und Keller mit.

Kapitel 26: Franziskaner-Klosterkirche

6. Gehen Sie nicht allein Es ist ratsam, immer mindestens zu zweit, besser noch zu dritt einen Lost Place zu besuchen. Da gilt die alte Regel: Ist eine Person verletzt, bleibt die zweite vor Ort und die dritte holt Hilfe. Zudem weiß man nie, wen man vor Ort trifft. Plünderer, Spinner oder Betrunkene sind auch oft in Lost Places anzutreffen. Da ist es beruhigender, nicht allein unterwegs zu sein. Das alles gilt natürlich nur, wenn Sie die Erlaubnis haben, einen Lost Place zu betreten. Da die Lost Places in der Regel in Privatbesitz sind, heißt es sonst generell »Betreten verboten«. Auch, wenn das Tor angelweit aufsteht oder ein riesiges Loch im Zaun klafft.

Rechte Seite: Kapitel 22: Ehemaliges streng bewachtes Sperrgebiet

Kapitel 24: Beelitz-Heilstätten

Ausrüstung Wir empfehlen Folgendes beim Erkunden der Lost Places und ihrer Umgebung:

- Festes Schuhwerk, hohe Socken (Schutz vor Zecken)
- Reißfeste Kleidung, ggf. leichte Regenjacke
- Kamera inkl. Zusatzakku, Speicherkarten, Stativ
- Proviant und Getränke (nehmen Sie aber alles wieder mit)
- Kopf- oder Stirnlampe, um die Hände frei zu haben
- Taschenlampe mit weitem Winkel für Keller und dunkle Räume
- Taschenmesser
- Aufgeladenes Handy (ggf. Powerbank)
- Notizblock und Stift
- Pflaster und Taschentücher für Verletzungen
- Mücken- und Zeckenspray

Kapitel 6: Im ehemaligen Chemiewerk Rüdersdorf

INDUSTRIE

1 Das »Schloss im Norden«

Bötzow-Brauerei an der Prenzlauer Allee

Die einst größte Berliner Privatbrauerei machte zu ihren Hochzeiten sogar den bayerischen Brauereien Konkurrenz. Doch warum wird nun kein Bier mehr gebraut?

Kollwitzkiez, Bezirk Prenzlauer Berg, Berlin **Ort** Prenzlauer Allee 242, 10405 Berlin **GPS** 52.530295, 13.418247 **Anfahrt** Mit der Tram M2 bis zum Halt Prenzlauer Allee/Metzer Straße und man ist direkt dort. Nimmt man die Tram M8 bis zum Halt Mollstraße/Prenzlauer Allee oder die U2 bis zum Senefelderplatz, ist es noch ein kleiner Fußweg bis zum Ziel.

Denkmalgeschütztes Areal mit langer Geschichte Die gelb-roten Klinkerbauten an der Prenzlauer Allee 242–247 sind – zumindest im Winter – nicht zu übersehen. Man kann auch jederzeit von der Saarbrücker Straße einen Blick auf das Gebäudeensemble werfen, was das Ganze nicht weniger beeindruckend macht. Am besten sollte man das Gelände und seine langjährige Geschichte jedoch bei einer offiziellen Führung erkunden. Dann sieht man auch die alten Lagerkeller, die sonst nicht zugänglich sind.

Klinkerbauten der Bötzow-Brauerei

Schier endlose Gänge verbanden die zahlreichen Gewölbekeller, in denen das Bier gelagert wurde.

Getränk des Volkes Bis Mitte des 19. Jahrhunderts wurde in Berlin vor allem obergäriges Bier hergestellt. Das Lieblingsprodukt der Berliner Brauereien und ihrer Kunden war die Berliner Weisse. Sie wurde im Fass produziert und musste anschließend in der Flasche reifen. Das bekannte Berliner Bier konnte leider weder direkt ausgeschenkt noch lange gelagert werden. Das war mit den untergärigen Lagerbieren hingegen kein Problem, weshalb diese langsam ihren Siegeszug antraten. Julius Bötzow, der Enkel eines Spirituosenfabrikanten, hatte das früh erkannt. Zusammen mit seinem Onkel Franz gründete er 1864 eine Brauerei an der Alten Schönhauser Straße und beschloss, untergäriges Bier zu brauen. Auch wenn der Herstellungsprozess aufwendiger als bei obergärigem Bier war und Kühlkeller erforderlich waren, wurden diese vermeintlichen Mühen leicht durch die Vorteile der längeren Haltbarkeit und industriellen Herstellung aufgewogen. Die Nachfrage wuchs und Julius Bötzow produzierte bald mehr Lagerbier als die Konkurrenz.

Eine Expansion war unausweichlich Mit dem nahe gelegenen Windmühlenberg, einem hügeligen Gelände vor den Toren Berlins, war schnell der ideale Ort für die neue Produktionsstätte gefunden. Hier gab es ausgezeichnetes Grundwasser und ausreichend Platz für die 4000 Quadratmeter großen Gewölbekeller, in denen das Bier kühlen und reifen sollte. 1884 wurde der Grundstein gelegt und bereits ein Jahr später mit der Bierherstellung begonnen.

Größte Privatbrauerei Norddeutschlands Das Brauereigelände war weitläufig und beeindruckte mit neuester Technik wie Tiefbrunnen, Dampfmaschine und elektrischem Licht. Neben der technischen Ausstattung legte Julius Bötzow aber auch Wert auf ein ansehnliches Äußeres. Die gelb-roten Klinker und vielen Rundbogen verliehen der Brauerei ihr besonderes Antlitz. Der riesige Biergarten mit einem im

Rokoko-Stil erbauten Orchesterpavillon bot 6000 Gästen Platz und wurde schon nach kurzer Zeit zu einem beliebten Ausflugsziel. Die Berliner strömten zum Windmühlenberg, der fortan nur noch Bötzow-Berg hieß. Am Ende des 19. Jahrhunderts gehörten Bierkutscher ebenso wie der Duft von Bierwürze zum Berliner Alltag. Die Stadt war mit ihren etwa 130 Brauereien zeitweise sogar der größte Bierproduzent Europas. In diesem Zusammenhang wurde Julius Bötzow 1886 eine besondere Ehre zuteil. Als erster Brauer im Deutschen Reich durfte er sich mit dem Titel »Hoflieferant Seiner Majestät des Königs von Preußen« schmücken. Diese Auszeichnung steigerte den Bekanntheitsgrad verdientermaßen zusätzlich. In den Folgejahren wurde die Brauerei immer wieder um- und ausgebaut, sodass sie zeitweise als größte Brauerei Norddeutschlands galt. Von besonderer Bedeutung waren für die Familie Bötzow aber nicht nur die Firmengebäude, sondern auch der Bau des eigenen Wohnhauses auf dem Areal der Brauerei. Wegen ihrer Größe und der prunkvollen Ausstattung erhielt die im Jahr 1900 fertiggestellte Villa den Namen »Schloss im Norden«. Ob dies der Work-Life-Balance des Schlossherren Julius Bötzow dienlich war, ist nicht überliefert, aber mit seinem Ableben kurz vor dem Ausbruch des Ersten Weltkriegs hinterließ er seiner Familie ein florierendes Unternehmen.

Niedergang der Brauerei Auch wenn der Familienbetrieb technisch nach wie vor auf dem neuesten Stand war, konnte er in den Folgejahren nicht mehr mit den in Aktiengesellschaften (AG) umgewandelten Großbrauereien mithalten. 1927 wurde die Bötzow-Brauerei zwar selbst zur AG und unterstützte mit den Aktienerlösen zahlreiche kulturelle und soziale Projekte innerhalb Berlins, doch die goldenen Zeiten waren

Nicht alle Türen führen zum Ziel.

Immer gut zu wissen, wo der Notausgang ist.

nun endgültig vorbei. Während des Zweiten Weltkriegs wurden Großteile des Brauereigeländes zerstört. Der Rokoko-Pavillon, das »Schloss im Norden« und einige Produktionsanlagen fielen den Kriegswirren zum Opfer. Auch wenn die Produktion 1948 wiederaufgenommen und ab 1949 als VEB Bötzow fortgeführt wurde, konnte das nicht die Stilllegung des Betriebs zum Ende desselben Jahres abwenden. Die Anlagen wurden 1950 demontiert und größtenteils von anderen Ostberliner Brauereien übernommen. Die Gebäude der ehemaligen Brauerei dienten nun vor allem als Lagerhallen für Fisch und Genussmittel.

Pläne für eine Umgestaltung des Geländes Mit der Wiedervereinigung wuchs die Ungewissheit über die Zukunft des Geländes. Im Jahr 1990 stellte man das Bötzow-Areal unter Denkmalschutz und in den Folgejahren wechselte es mehrfach den Besitzer. Das Grundstück erfuhr verschiedene Zwischennutzungen, bis es Ende 2010 vom Unternehmer Hans Georg Näder erworben wurde. Zusammen mit dem Architekten David Chipperfield, der die Sanierung des Neuen Museums und den Bau der James-Simon-Galerie in Berlin verantwortete, möchte er das Areal für die zukünftige Nutzung umgestalten. Die ursprüngliche Bausubstanz mit ihren großen Freiflächen wird, so der Plan, weitestgehend erhalten bleiben und auch ein Biergarten soll hier wieder entstehen.

Das besondere Erlebnis

In der näheren Umgebung, also fußläufig, gelangen Sie zum Kollwitzplatz mit seinem Wochenmarkt, zahlreichen Cafés und Restaurants sowie den vielen kleinen, inhabergeführten Geschäften, die zum Bummeln einladen. Die etwas turbulentere Schönhauser Allee und der Alexanderplatz sind ebenfalls nicht weit entfernt. Sollten Sie es etwas ruhiger mögen, empfiehlt sich ein Spaziergang zum Volkspark Friedrichshain.

2 Verblasste Strahlkraft

Kernkraftwerk Rheinsberg

Was passiert eigentlich mit stillgelegten Kernkraftwerken? In Rheinsberg, im Norden von Brandenburg, kann man sich dies zum Beispiel bei einer Führung ansehen.

Rheinsberg, Landkreis Ostprignitz-Ruppin, Brandenburg **Ort** Am Nehmitz See 1, 16831 Rheinsberg **GPS** 53.1478055, 12.9882277 **Anfahrt** Mit dem Auto über die B167 bis Gransee, dann weiter auf der L222. In Stechlin links abbiegen auf die Roofenstraße. Dieser Straße folgen Sie ca. 4 km.

Kraftwerk mit Aussicht Es ist idyllisch gelegen zwischen Großem Stechlinsee und Nehmitzsee, umgeben von Wald und Natur – das ehemalige Kernkraftwerk Rheinsberg. Man würde es vielleicht nicht vermuten, aber hier, hoch oben im Norden von Brandenburg, befindet sich das erste kommerziell genutzte Kernkraftwerk der ehemaligen DDR. Im Mai 1966 wurde es feierlich in Betrieb genommen, der Dauerbetrieb begann dann im Oktober 1966. Angedacht war zunächst eine Laufzeit von 20 Jahren. Nach aufwendigen Rekonstruktionsarbeiten konnte diese dann 1986 um weitere fünf Jahre verlängert werden. Die eigentliche Abschaltung sollte somit 1992 erfolgen. Nach 24 Jahren wurde es wegen anstehender umfangreicher Anpassungen im Zuge nunmehr geltender gesamt-deutscher Gesetzgebung (AtG) bereits 1990 geschlossen und abgewickelt.

Eines der ersten Versuchs- und Forschungskraftwerke weltweit Hier kam auch der erste Kernreaktor, der von der Sowjetunion exportiert wurde, zum Einsatz. Neben der Stromerzeugung war dieses Kraftwerk auch eine wichtige Forschungs- und Ausbildungsstätte in der DDR. Getreu dem Motto »Vorwärts immer, rückwärts nimmer« wurden in dem VE Kombinat Kernkraftwerke Bruno Leuschner einst Atome gespalten, um die DDR mit Energie zu versorgen. Für die über 600 Mitarbeiter des Betriebs baute man in der Stadt Rheinsberg eine eigene Wohnsiedlung. Bis zum Zeitpunkt seiner Schließung leistete das Kraftwerk etwa 130.000 Betriebsstunden.

Demontage des Reaktors Viele Teile des Kraftwerks sind im Lauf der Jahre demontiert und zerlegt worden. Dies geht bei einem Gebäude dieses Typs jedoch selten problemlos vonstatten. Verschiedene Materialien erfordern unterschiedliche Herangehensweisen. Beton zerschneidet man mit diamantbeschichteten Sägen, Stahl wird mithilfe von Trennschleifern (sog. Flexen) zerlegt. Die Demontage des Reaktorbehälters war hierbei jedoch die eigentliche Mammutaufgabe. Um zunächst den Ausbau der Einbauten zu bewerkstelligen, wurden die Abklingbecken in der Reaktorhalle vollständig mit Wasser geflutet. Über einen Leitstand zwischen Reaktorhalle und Maschinenhaus konnte man dann mittels Kamera und Joystick die Ausbauarbeiten steuern. Für die eigentliche Zerlegung der Reaktoreinbauten unter Wasser wurden

Die Schaltzentrale des Kernkraftwerks

Seit 30 Jahren steht das Werk nun still.

spezielle Sägen sowie ein Plasmaschneider verwendet. Die hohe Energiedichte des vom Plasmaschneider erzeugten Lichtbogens lässt das Material regelrecht schmelzen. Der Reaktorbehälter selbst wurde ins Zwischenlager Lubmin in der Nähe von Greifswald gebracht.

Kontaminierte Gebäude In einigen Bereichen des Kernkraftwerks muss man auch heute Schutzkleidung tragen, da sie noch immer radioaktiv belastet sind. Teilnehmer einer Führung, die hier regelmäßig angeboten wird, müssen diesbezüglich aber keine Angst haben. Seit der Schließung 1990 steht der Betrieb jedoch keineswegs still. Im Gegenteil. Von den einst über 600 Mitarbeitern sind mehr als 100 nach wie vor hier beschäftigt. Damit zählt dieses stillgelegte Kernkraftwerk zu den wichtigsten Arbeitgebern im Ruppiner Land. Die verbleibenden Mitarbeiter sind auch 30 Jahre nach der Betriebsschließung mit dem Rückbau beschäftigt, der wohl noch viele Jahre dauern wird. Ziel des Rückbaus ist die Entlassung aus dem AtG (Atomgesetz). Um dies zu erreichen, müssen sämtliche Gebäude vollständig dekontaminiert sein. Das ist jedoch leichter gesagt als getan, denn in Rheinsberg genügt es nicht, lediglich die Böden, Decken und Wände zu reinigen. Es müssen auch sämtliche Leitungen in den Gebäuden auf Kontamination geprüft werden – und diese wurden zum Schutz vor radioaktiven Partikeln eingemauert.

Langer Rückbau des Kernkraftwerks Schätzungen zufolge wird es wohl noch 15 Jahre oder sogar länger dauern, bis Rheinsberg abgebaut ist. Das wären dann über 40 Jahre Rückbau, während der Bau nur sechs Jahre gedauert hat. Die Gesamtkosten des Rückbaus schätzt der Betreiber, die EWN Entsorgungswerk für Nuklearanlagen GmbH, auf etwa eine Milliarde Euro. Für eine Nachnutzung gibt es derzeit keine Pläne.

Das besondere Erlebnis

Das Kernkraftwerk kann heute im Rahmen einer Führung besichtigt werden. Über die aktuellen Führungen informiert die Webseite der EWN (siehe unten). Auf dem Rundgang hat man die einmalige Möglichkeit, ein Kernkraftwerk von innen zu sehen. Besonders interessant ist dabei die Schaltzentrale, auch Blockwarte genannt, von der aus alles überwacht wurde. Die Führung ist kostenlos, eine Anmeldung ist erforderlich unter: www.ewn-gmbh.de oder Tel.: 033931/572 03.

3 Darauf hat Berlin gebaut

Museumspark Rüdersdorf

Bauwerke wie das Brandenburger Tor, das Berliner Olympiastadion und Schloss Sanssouci würde es ohne den Rüdersdorfer Kalkstein heute wohl nicht geben.

Rüdersdorf, Märkisch-Oderland, Brandenburg **Ort** Heinitzstraße 9, 15562 Rüdersdorf **GPS** 52.476015, 13.778149 **Anfahrt** Mit der S3 bis Friedrichshagen und von dort mit der Straßenbahnlinie 88 bis zum Halt Heinitzstraße in Rüdersdorf. Oder mit dem RE1 bzw. der S3 bis Erkner und dann mit dem Bus 950 bis zum Halt Landhof in Rüdersdorf. Bei Anreise mit dem Auto über die A10 an der Anschlussstelle Rüdersdorf abfahren und den Hinweisschildern folgen.

Museum der besonderen Art Bergbau in Brandenburg? Manche Dinge liegen tatsächlich näher, als man denkt. Der Tagebau ist nach wie vor aktiv und das Zementwerk Rüdersdorf exportiert seinen Zement von hier nach ganz Europa. Noch beeindruckender ist aber der unmittelbar neben dem Tagebau gelegene 17 Hektar große Museumspark Rüdersdorf. Er ist weltweit einzigartig und lässt einen in ein ganz besonderes Stück Industriegeschichte eintauchen. Hier erfährt man nicht nur viel Wissenswertes über die Kalksteingewinnung und -verarbeitung, man kann auch unzählige Denkmäler der Industriegeschichte bewundern, die von solch bekannten Baumeistern wie Schinkel und Schlaetzer entworfen wurden. Bereits beim Betreten

Links: Schornstein der Schachtofenbatterie

Rechts: Förderwagenstrecke in der »Kathedrale des Kalks«

des Freilichtmuseums fühlt man sich in eine andere Zeit versetzt. Die Kammer- und Rumdorföfen sowie das Bülow-Kanal-Portal lassen erahnen, wie imposant das Areal zu Zeiten seiner Nutzung gewesen sein muss. Die Kanalanlagen zählen dabei zu den ältesten Bauwerken vor Ort. Sie dienten zur Verbindung der Steinbrüche mit dem Wasserstraßennetz. Die Kanäle wurden am sich stets verlagernden Kalksteinabbau ausgerichtet und verkürzten so die Transportstrecken an Land. Fast unwirklich kommt einem hier der Blick auf die Lkw vor, die sich im nahen Steinbruch fortbewegen. Bei so viel Authentizität weiß man für einen kurzen Moment tatsächlich nicht, durch welche Epoche man sich aktuell bewegt.

Technik, die auch heute noch begeistert

Backstein-Idylle

Beliebter Baustoff Kalkstein wird bereits seit 1254 in dieser Gegend abgebaut. Nur an wenigen Orten tritt er in der norddeutschen Tiefebene an die Erdoberfläche. Üblicherweise liegt der Kalk in Tiefen von bis zu 3000 Metern. In Rüdersdorf kann der Kalkstein hingegen sogar im Tagebau gewonnen werden. Der hiesige Kalkberg verfügt über das größte Vorkommen Europas.

Außergewöhnliche Industriearchitektur Äußerst beeindruckend ist auch der Seilscheibenpfeiler, eine

riesige Bogen-Pfeilerkonstruktion aus Kalkstein. Mit ihm konnten Eisenbahnwaggons an Stahlseilen über einen Schrägaufzug zur Abbruchstelle herabgelassen, beladen und dann wieder hinaufgezogen werden. Die dafür benötigte Energie wurde von einer Dampfmaschine erzeugt. Die Neugier nahezu aller Besucher wird jedoch durch die weithin sichtbare Schachtofenbatterie geweckt. Sie findet sich am anderen Ende des Museumsparks und enttäuscht dank ihres besonderen, maroden Charmes wohl niemanden. Die Anlage wurde von 1871–1877 gebaut und umfasste ursprünglich 18 Rumfordöfen.

Seilbahn für den Transport des Kalks aus dem Tagebau

Erfinder Graf von Rumford Mit dem Rumfordofen konnten Kohle und Torf als Brennstoff genutzt werden, während der Kalk in einer anderen Kammer gebrannt wurde. Diese Erfindung kam Anfang des 19. Jahrhunderts einer Revolution gleich, da damit kontinuierlich Kalk gebrannt werden konnte, ohne dass der Ofen durch den Brennstoff verunreinigt wurde. Die Schachtofenbatterie selbst wurde trotz – oder dank – mehrerer Umbauten noch bis 1967 für die Branntkalkherstellung genutzt. Das Herzstück der Anlage ist jedoch die Feuerungshalle, die auch »Kathedrale des Kalks« genannt wird und ihrem Namen alle Ehre macht. Nicht unerwähnt bleiben sollte an dieser Stelle, dass in den 1970er- und 1980er-Jahren mehrere Straßenzüge dem Tage-

Schachtofenbatterie

Links: Alter Hafen

Rechts: »Kunst am DDR-Bau«

bau weichen mussten. Auch das gab es nicht nur im Ruhrpott. Grundstücke wurden geräumt und abgerissen, die Bewohner in Neubaugebiete umgesiedelt, der Heinitzsee – ein gefluteter Tagebau – verschwand ebenso. Damit war das Ende des Bergmannsdorfs Kalkberge besiegelt.

Das alles und noch viel mehr Im Museumspark kann man nicht nur Interessantes über die Geschichte des Kalkabbaus erfahren, man kann noch ganz andere Entdeckungen machen. Aufgrund der besonderen Geologie ist die Gegend reich an Mineralien und Fossilien. Beispielsweise fand man hier das Skelett eines Nothosaurus. Die Gebeine dieses ottergroßen Schwimmsauriers können nun im Berliner Naturkundemuseum bewundert werden. In Rüdersdorf haben interessierte Besucher die Möglichkeit, dank einer thematischen Führung selbst zum Geologen oder Paläontologen zu werden.

Bülow-Kanal-Portal

Das besondere Erlebnis

Das historische Kalk- und Bergwerk kann heutzutage als Freilichtmuseum besichtigt werden. Der 17 Hektar große Museumspark Rüdersdorf kann entweder auf eigene Faust oder im Rahmen einer Führung erkundet werden. Öffnungszeiten: April–Oktober tägl. 10–18 Uhr, sonst Di–So 10:30–16 Uhr. Eintritt: Erwachsene 6 Euro, Kinder (6–16 Jahre) 3 Euro. Weitere Informationen unter www.ruedersdorf-kultur.de

4 Handgeschöpftes Büttenpapier aus der DDR

Papierfabrik Wolfswinkel

Was einem bei diesem technischen Denkmal als Erstes ins Auge sticht, ist der Wasserturm. Schon aus der Ferne weist er darauf hin, dass hier ein besonderer Gebäudekomplex zu finden ist.

Eberswalde, Landkreis Barnim, Brandenburg **Ort** Eberswalder Straße 27–31, 16227 Eberswalde **GPS** 52.840134, 13.761418 **Anfahrt** Am einfachsten ist die Anreise mit dem Pkw über den östlichen Berliner Ring A10. Am Dreieck Barnim auf die A11 in Richtung Stettin abfahren und dann die Ausfahrt 12 Finowfurt nehmen. Von dort die B167 in Richtung Eberswalde, an der auch das Gelände liegt. Ein großer Parkplatz befindet sich in der Nähe. Bei Anreise mit der Bahn in Eberswalde Hauptbahnhof aussteigen und von dort den Bus bis zum Halt Finow, Eisenspalterei nehmen.

Früher Papierkunst, heute Wandkunst

Juwel am Wasser Das bereits vor Jahrzehnten verlassene Gelände der Papierfabrik Wolfswinkel liegt nahezu romantisch am Finowkanal, der ältesten künstlichen Wasserstraße Deutschlands, die noch heute in Benutzung ist. Die Zeit hat jedoch ihre Spuren hinterlassen. Bei einigen der Gebäude muss man leider schon von Ruinen sprechen, so stark sind sie verfallen. Idyllisch und morbide zugleich ist die Stimmung, die einen unweigerlich umgibt. Und dennoch kommt man nicht umhin, Ideen und Konzepte für diesen Ort zu entwickeln. Allzu gern würde man die alten Backsteinbauten zu neuem Leben erwecken, doch ist es dafür wohl bereits zu spät.

Abwechslungsreiche Geschichte Alles begann mit der Königlichen Papiermühle bei Heegermühle, die bereits 1728 entstand, jedoch im Siebenjährigen Krieg (1756–1763) zerstört und dann auf das heutige Gelände nahe der Wolfswinkler Schleuse verlegt wurde. Der Prenzlauer Daniel Gottlieb Schottler pachtete das Areal am Finowkanal und baute hier eine neue Papiermühle. Zu jener Zeit entstand auch der heute noch sichtbare Mühlengraben. 1765 begann die Produktion, die jedoch erst mit der Übernahme durch Johann Friedrich Nitsche und seine Söhne im Jahr 1812 wirtschaftlich erfolgreich war. Mit dem Kauf einer englischen Papiermaschine in den 1830er-Jahren war der Grundstein für die industrielle Herstellung gelegt. Aus der einstigen

Links: Große Fenster für große Maschinen

Rechts: Vielleicht versteckt sich hier noch irgendwo ein Papiertiger ...

Verlassenes Fabrikgelände mit Wasserturm

Papiermühle wurde eine Papierfabrik. Die Wasserräder ersetzte man durch Dampfmaschinen. In den Folgejahren wechselte das Unternehmen mehrfach den Besitzer und wurde weiter ausgebaut. Mit der voranschreitenden industriellen Entwicklung kamen Neuerungen und Erweiterungen hinzu. Ab 1910 bezog die Fabrik ihren Strom vom Märkischen Elektrizitätswerk, das als Musteranlage moderner Kraftwerke galt und Vorbild für viele weitere im In- und Ausland war. Ähnlich oft wie die Eigentümer änderte sich auch das Sortiment der Papierfabrik. Es umfasste sowohl Schreib- und Buchpapier als auch Karton für Postkarten und Aktendeckel. Später kam die Herstellung von Kabel- und Isolierpapier für die Berliner Siemens-Schuckertwerke hinzu, die die Fabrik 1917 komplett übernahmen. Mit diesem Inhaberwechsel gingen bauliche Veränderungen einher, an denen auch der Architekt Hans Hertlein beteiligt war, der als Bauleiter bei Siemens großen Anteil an der Gestaltung der Berliner Siemensstadt hatte.

Wiederbelebung einer alten Tradition Nach dem Zweiten Weltkrieg wurde das auf dem Territorium der DDR liegende Unternehmen in Volkseigentum umgewandelt und so 1946 der VEB Papierfabrik Wolfswinkel gegründet. Ebendiesem Volk ist es auch zu verdanken, dass nicht die gesamte technische Ausstattung nach Kriegsende von den Sowjets demontiert wurde. Ehemalige Mitarbeiter schafften rechtzeitig bedeutende Teile der Anlage beiseite. 1956/57 besann man sich auf seine Wurzeln und stellte neben technischen Papieren auch wieder handgeschöpftes Büttenpapier her. Die Büttenabteilung war einzigartig in der DDR und hatte große Bedeutung für das Export- und Devisengeschäft. Die feinen Papiere waren weltweit gefragt. Selbst die britische Queen bestellte hier.

Mit dem Fall der Mauer war alles Geschichte Nachdem das Unternehmen 1992 privatisiert wurde, folgte 1994 der Konkurs. Das Inventar wurde verkauft oder auf anderem Wege entsorgt. Seitdem stehen die Werksgebäude leer. Papier wird man hier vermutlich nie mehr herstellen. Zwischenzeitlich gab es Pläne für ein Papiermuseum, die auch von privaten Initiativen weiterverfolgt werden. Das Gelände selbst ist nur zu besonderen Anlässen wie dem Tag des offenen Denkmals zugänglich.

Das besondere Erlebnis

In Eberswalde selbst sollten Sie sich auf jeden Fall die Teufelsbrücke, die sogenannten Kupferhäuser und den Wasserturm im Stadtteil Finow ansehen. Falls Sie etwas mehr Zeit zur Verfügung haben, lohnt ein Besuch des Zisterzienserklosters Chorin und des ältesten, noch in Betrieb befindlichen Schiffshebewerks Deutschlands in Niederfinow.

Die Natur erobert das Gelände.

Von draußen drängen Pflanzen in die Hallen hinein.

5 Zurückbleiben, bitte!

Die stillgelegte Siemensbahn

Einst für die Mitarbeiter der Firma Siemens & Halske gebaut, liegt die S-Bahn-Strecke heute in einem tiefen Dornröschenschlaf. Seit 1980 rollt hier keine Bahn mehr über die Schienen.

Siemensstadt, Bezirk Spandau, Berlin **Ort** Bhf. Siemensstadt: Rohrdamm 29, 13629 Berlin; Bhf. Wernerwerk: Siemensdamm 54, 13629 Berlin **GPS** Bhf. Siemensstadt: 52.539423, 13.263677; Bhf. Wernerwerk: 52.534883, 13.276157 **Anfahrt** Bhf. Siemensstadt: Mit der U-Bahn-Linie 7 bis zur Haltestelle Rohrdamm und von dort zu Fuß zum Rohrdamm, wo der Bahnhof Siemensstadt die Straße kreuzt. Bhf. Wernerwerk: Mit der U7 bis zur Haltestelle Siemensdamm und dann zur gleichnamigen Straße spazieren.

»Es fährt ein Zug nach nirgendwo.«

Verräterische Natur Ist man nicht auf der Suche nach der ehemaligen S-Bahn-Strecke im Spandauer Ortsteil Siemensstadt, nimmt man sie vermutlich auch gar nicht als solche wahr. Man könnte glauben, die Bahnlinie sei weiterhin in Betrieb. Erst auf den zweiten Blick ist erkennbar, dass hier schon lange niemand mehr »Vorsicht an der Bahnsteigkante!« gehört hat. Die Sträucher und Bäume, die auf den Gleisen und dem Bahngelände wachsen, verraten, dass der Zugverkehr nicht erst

gestern eingestellt wurde. Die Zugänge zu den Bahnsteigen sind zugemauert und vergittert. Ein Gefühl der Hoffnungslosigkeit macht sich bei diesem Anblick breit. Vom einstigen Pioniergeist beim Bau der Strecke ist nicht mehr viel übrig.

Links: Dachschaden deluxe

Rechts: Berliner Kuriosum: menschenleerer S-Bahnhof

Unten: Eingang zum ehemaligen S-Bahnhof Siemensstadt

Auf die Zukunft gebaut Ende des 19. Jahrhunderts wuchs das Unternehmen Siemens & Halske unaufhörlich und man war bald auf der Suche nach einem Standort, der weiteres Wachstum ermöglichen sollte. Man entschied sich für ein Grundstück nördlich von Charlottenburg, das von Wald und Sumpf geprägt war: die Nonnenwiesen. Hier liegen die Ursprünge der heutigen Siemensstadt. Genauer gesagt im Kabelwerk Westend, das an diesem Ort 1889 mit einigen Hundert Mitarbeitern den Betrieb aufnahm. Mit den Jahren konnte weiteres Brachland erworben und erschlossen werden. Auch wenn hier die Verkehrsanbindung aufgrund der abgeschiedenen Lage komplett fehlte, sah man in der schieren Möglichkeit der weiteren Ausdehnung deutlich mehr Vor- als Nachteile.

Beschwerlicher Arbeitsweg Der Großteil der Beschäftigten wohnte nicht in der Nähe und war auf öffentliche Verkehrsmittel angewiesen. In den Anfangsjahren nahmen die Arbeiter und Angestellten oft einen langen Fußweg von entfernt gelegenen Vorort- oder S-Bahnhöfen auf sich, um zum Werk zu gelangen. Der im Jahr 1905 von Siemens

errichtete Bahnhof Fürstenbrunn an der Hamburger und Lehrter Bahn wurde zwar rege genutzt, lag aber auch etwa 30 Minuten Fußmarsch vom Firmengelände entfernt. Die Situation verbesserte sich erst 1908 mit der Eröffnung der von Siemens & Halske betriebenen Straßenbahnlinie Nonnendammbahn, die schon im darauffolgenden Jahr bis in die Altstadt Spandaus fuhr. Viele nahmen damals die Bahn bis zum Bahnhof Jungfernheide und von dort die Nonnendammbahn. Da die Straßenbahn mit den Jahren zur Hauptverkehrszeit oft hoffnungslos überfüllt war und teils chaotische Zustände herrschten, wurden die Arbeitszeiten bei Siemens & Halske in den 1920er-Jahren teilweise um bis zu zwei Stunden gestaffelt. Das entlastete zwar den Berufsverkehr, schadete aber der Produktivität.

Baumschule der besonderen Art

Gleisbett oder Laubwald? Reine Ansichtssache!

»Rast' ich, so rost' ich.«

Höchste Eisenbahn Die Lage spitzte sich immer weiter zu. Der Straßenbahnverkehr stieß augenscheinlich an seine Grenzen. Man dachte in dieser Zeit viel über Alternativen, beispielsweise die Verlängerung einer bestehenden U-Bahnlinie, eine Ausweitung des Omnibusverkehrs und den Transport auf dem Wasserweg nach. All diese Ideen konnten jedoch nicht realisiert werden. Da sich das Werkszentrum mittlerweile in die nördliche Siemensstadt verlagert hatte und alle bisherigen Pläne verworfen werden mussten, traf das Unternehmen Mitte der 1920er-Jahre zusammen mit der Deutschen Reichsbahn (DR) die Entscheidung zum Bau einer eigenen Bahnstrecke. Mit den Arbeiten an der von der Ringbahnhaltestelle Jungfernheide abzweigenden, voll elektrifizierten zweigleisigen Stichbahn nach Gartenfeld begann Siemens 1927 unter Aufsicht der DR. Das Unternehmen stellte dafür nicht nur das Gelände bereit, sondern finanzierte den Bau auch zu großen Teilen selbst.

Kurze Strecke mit großer Wirkung Am 18. Dezember 1929 nahm die Siemensbahn schließlich den Verkehr auf der 4,7 Kilometer langen Strecke auf. Im Berufsverkehr gab es eine Pendelverbindung zwischen Jungfernheide und Gartenfeld im Zehn-Minuten-Takt, außerhalb des Berufsverkehrs und sonntags im 20-Minuten-Takt. Zu Stoßzeiten wurden zudem »normale« S-Bahnen auf die Strecke der Siemensbahn gelenkt, was zu einem Fünf-Minuten-Takt führte. Während die Nonnendammbahn mit der Einweihung der neuen S-Bahn-Strecke über die Hälfte ihrer Fahrgäste verlor, wurde die Siemensbahn zum neuen Haupttransportmittel in die Siemensstadt. Etwa ein Fünftel der inzwischen 90.000 Beschäftigten nutzte die Siemensbahn für

Blick ins Grüne

ihren Arbeitsweg. Am Wochenende wiederum wurde sie rege von Ausflüglern genutzt. Im Zweiten Weltkrieg kam es dann regelmäßig zu Einschränkungen im Zugverkehr. Zum Ende des Krieges wurde nicht nur die Spreebrücke nahe des Bahnhofs Wernerwerk zerstört, sondern auch das Viadukt und Teile der Dammaufschüttungen wurden beschädigt. Hinzu kamen umfassende Demontagearbeiten durch sowjetische Truppen zur Abgeltung von Reparationszahlungen. Nichtsdestotrotz konnte der Zugverkehr bereits im September 1945 – unter Einschränkungen – wieder aufgenommen werden. Im Dezember 1956 fuhren die Züge sogar wie vor dem Krieg durchgehend von Jungfernheide nach Gartenfeld.

Schicksal besiegelt 1949 erfolgte die Verlegung der Siemens-Konzernzentrale nach München. Der mit der Teilung Berlins sowie dem Mauerbau einhergehende Boykott der S-Bahn, die weiterhin von der DDR-Reichsbahn betrieben wurde, führte zu einem drastischen Einbruch der Fahrgastzahlen. Die Züge wurden daraufhin verkürzt und die Taktzeiten erhöht. Mit dem Streik der bei der ostdeutschen Reichsbahn beschäftigten Westberliner im Jahr 1980 war das Ende der Bahnstrecke unumstößlich besiegelt. Für die Siemensianer hatte dies keine großen Konsequenzen. Bereits wenige Tage später nahm die U7 ihren Betrieb auf und verbindet seither die Siemensstadt über die Haltestellen Siemensdamm und Rohrdamm mit dem Westberliner U-Bahnnetz. An der Siemensbahn selbst ist seit der Stilllegung nicht viel passiert. Es gab viele Ideen, wie man die Strecke wiederbeleben könnte.

Mehrfach war die Nutzung als Grünanlage ähnlich der High Line in New York im Gespräch. Aber auch Vorschläge zur Nutzung als Radweg, Kanustrecke und Schwimmbad wurden diskutiert. Im Jahr 2019 haben das Land Berlin und die Deutsche Bahn nach einigem Hin und Her beschlossen, die Bahnstrecke zu reaktivieren. Dies ist wohl auch dem geplanten Großprojekt Siemensstadt Square zu verdanken, bei dem ein Campus und Wohnungen auf dem Werksgelände entstehen sollen. Die Berliner Verkehrsverwaltung plant, ab Mitte 2026 mit den Bauarbeiten an der alten Siemensbahn zu beginnen. Nach aktuellem Stand ist die Inbetriebnahme für Ende 2029 angedacht.

Alter S-Bahn-Aufgang an der Station Wernerwerk

Das besondere Erlebnis

Wenn man etwas mehr Zeit mitbringt, empfiehlt sich von hier ein Besuch des Volksparks Jungfernheide, des Schlosses Charlottenburg oder eines Museums nahe des Charlottenburger Schlossgeländes.

Büdchen unter dem historischen Stahlviadukt

6 Gigantischer Industriekoloss

Chemiewerk in Rüdersdorf

Dieser Lost Place besticht vor allem durch seine schiere Größe und lädt zu einer unwirklichen Reise ein. Doch was hat es mit dem Gelände eigentlich auf sich und warum steht es leer?

Rüdersdorf, Märkisch-Oderland, Brandenburg **Ort** Gutenbergstraße, 15562 Rüdersdorf **GPS** 52.484845, 13.789346 **Anfahrt** Mit dem Auto auf der B1 stadtauswärts Richtung Strausberg/Müncheberg. Kurz hinter Tasdorf, nachdem man das Strausberger Mühlenfließ überquert hat, zweigt rechts die Gutenbergstraße ab.

Rechte Seite: Für regelmäßiges Lüften ist gesorgt.

Abtauchen in eine andere Welt Es ist fast so, als besuchte man ein altes Burggelände. Das 25 Kilometer östlich von Berlin gelegene Areal ist quasi nur über Brücken zu erreichen. Zum ehemaligen Haupteingang gelangt man über eine Straße, die von der Fernstraße B1 abgehend erst durchs Grüne und dann auf eine Steinbrücke zuführt. Hat man den Langerhanskanal überwunden, kommt man aus dem Staunen nicht mehr heraus. Ähnlich verhält es sich auf der anderen Seite des Grundstücks. Hier führt eine Fußgängerbrücke vom Museumspark Rüdersdorf zum alten Chemiewerk. Umgeben von immens großen Gebäuden, fühlt man sich selbst plötzlich sehr klein. Und genau das macht die besondere Atmosphäre dieses Ortes aus. Neben den imposanten Hallen und Abgasschornsteinen, die man bereits aus der Ferne

Chemiewerk mitten im Grünen

sehen kann, finden sich auf dem Gelände noch Silos, Verwaltungsgebäude, Labore und auch einige bereits eingefallene bzw. zerstörte Gebäude.

Auf Zement gebaut Begonnen hat alles 1900 mit dem Zementwerk des Berliner Unternehmers C. O. Wegner, der zu dieser Zeit bereits Tongruben und Ziegeleien besaß. Zement hatte damals Kalkstein als Baustoff abgelöst. Fundamente von Gebäuden wurden nun mit diesem neuen Bindemittel erstellt. Bis 1939 brannte man hier an hochmodernen Drehrohröfen Zement. Dann übernahm die Preussag das Werk und stellte synthetisches Bauxit her, das im Zweiten Weltkrieg von großer Bedeutung für die Aluminiumproduktion war. Ein Großteil der jetzt noch stehenden Gebäude stammt aus dieser Zeit. Für die Einrichtung hingegen gilt genau das wiederum nicht. Mit dem Ende des Krieges begannen die Demontagearbeiten der sowjetischen Besatzungsmächte. Die komplette technische Ausstattung wurde abgebaut und in den Osten versendet. Zurück blieben lediglich leere Hallen und die Drehrohröfen.

Zum Nutzen der Agrarwirtschaft Auf Geheiß der Sowjetischen Militäradministration wurde der Betrieb 1950 wieder aufgenommen. Anstelle von Zement und Bauxit produzierte man fortan Düngemittel. Der VEB Glühphosphatwerk Rüdersdorf stellte unter Nutzung der verbliebenen Drehrohröfen Magnesiumphosphat her. Zu Beginn der 1970er-Jahre versuchte man es schließlich mit der Produktion von Calcium-Natrium-Phosphat für die industrielle Tierhaltung. Das gelang jedoch erst mit zusätzlichen Investitionen. Und diese lohnten sich. Das Endprodukt RÜKANA war in der

Einer der Wege, die zum Ziel führen.

Imposanter Gebäudekomplex

Tat so hochwertig, dass es sogar in den Westen exportiert werden konnte. Das Werk war inzwischen Teil des VEB Chemiewerk Coswig, Betriebsteil Rüdersdorf.

Und dann kam die Wende Mit der Wiedervereinigung sanken die Absatzzahlen und so auch die Aussichten auf eine Zukunft für das Chemiewerk. Bis 1999 wurde mit immer weniger Personal weiterproduziert und letzten Endes doch Insolvenz angemeldet. Wieder einmal wurden Gebäude ausgeschlachtet und dann sich selbst überlassen. Mehrere Versuche, die Bauten abzureißen, scheiterten am recht dicken Stahlbeton. Seit 2000 dient das Gelände als Kulisse für Kriegs- und Actionfilme wie z. B. den Stalingrad-Film *Duell – Enemy at the Gates*, was dem Gebäudekomplex weltweite Bekanntheit einbrachte. Es folgten Produktionen wie *Die Tribute von Panem*, *Inglourious Basterds*, *Monuments Men* und *Homeland*. Die Band Rammstein wiederum nutzte die Location für die Mondlandung in ihrem Musikvideo *Amerika*. Ende 2020 wurden Teile des Grundstücks verkauft. Der Investor möchte gerne etwas Besonderes schaffen, hat sich bislang jedoch noch nicht detailliert zu seinen Plänen geäußert.

Das besondere Erlebnis

Direkt neben dem ehemaligen Chemiewerk befindet sich der Museumspark Rüdersdorf, den Sie ebenfalls in diesem Buch finden. Es handelt sich um ein großes Freilichtmuseum, wo dem Besucher auf anschauliche Weise die Kalksteingewinnung und -verarbeitung vorgestellt wird. Neben historischen und geologischen Führungen kann man hier auch an Offroad-Touren mit dem Land Rover teilnehmen und mehr über den noch aktiven Kalksteintagebau lernen.

Kapitel 7:
Garnisonsstadt
Jüterbog

ZWEITER WELTKRIEG

7 Lost City

Garnisonsstadt Jüterbog

Fährt man durch Jüterbog und Umgebung hat man das Gefühl, dass jede Ecke Geschichten von früher erzählt. Verlassene Kasernen im Wald, ganze Straßenzüge mit leer stehenden Häusern, ehemalige Pförtnerhäuser – eine wahre Lost City. Was war hier los?

Jüterbog, Landkreis Teltow-Fläming, Brandenburg **Ort** Panzerkaserne: Forst Zinna, 14913 Jüterbog; Kasernenviertel: Bülowstraße, 14913 Jüterbog **GPS** Panzerkaserne: 52.0533859,13.1092386; Kasernenviertel: 52.0028554,13.0552641 **Anfahrt** Mit der RB33, RB3 oder RB4 bis Jüterbog. Mit dem Auto über die 101 bis Jüterbog.

Kaserne im Wald Wir fahren auf der 101 Richtung Süden, vorbei an Luckenwalde. Kurz vor Kloster Zinna biegen wir links ab auf die Chausseestraße Richtung Luckenwalde Zentrum. Kurz danach geht links ein Waldweg ab. Wir fahren bis zur Schranke und laufen den Rest zu Fuß. Unser Ziel: die ehemalige Panzerkaserne Forst Zinna. Im Zuge der deutschen Wiederaufrüstung wurde hier 1934 eine zusätzliche Kaserne errichtet. Die Kasernen »Altes Lager« und »Neues Lager« gab es bereits, daher erhielt dieses neue Gelände den Namen »Lager III«. Neben den Solda-

Bäume wachsen auf den Dächern.

Viele der schönen Kasernengebäude sind verfallen.

tenunterkünften wurden ein Proviantlager sowie ein Bahnhof errichtet. Es wird berichtet, dass die Schutzstaffel (SS) dieses Gelände als erstes für ihre Zwecke nutzte. Zudem waren die Artillerieschule Jüterbog sowie der Ausbildungslehrstab für Kettenfahrzeuge in dem Lager stationiert. Nach dem Zweiten Weltkrieg betrieb die Rote Armee auf dem ehemaligen Militärareal ein Lager für »Displaced Persons«. Von hier wurden Angehörige verschiedener Staaten in ihre Herkunftsländer zurückgeschickt.

Letzte Zeichen der Roten Armee

DVA Walter Ulbricht Ab 1947 nutzte die SED einige Gebäude für die Deutsche Verwaltungsakademie »Walter Ulbricht«. Es gab Restaurants, Sportstätten, Kino- und Theatersäle. Diese Einrichtung diente als Ausbildungszentrum der politischen Eliten für die spätere Selbstverwaltung der sowjetischen Besatzungszone bzw. ab 1949 der DDR. Später zog die Akademie nach Potsdam um und die Sowjetarmee übernahm das Areal erneut. Es entstand ein eigenständiges Militärgelände mit verschiedenen Wirtschafts- und Verwaltungsgebäuden, Kino, Heizkraftwerk, Gefängnis und Schwimmbad.

Schweres Zugunglück Ende der 1980er-Jahre kam es hier zu einem tragischen Unfall, als ein Zug mit

Die Alte Garnison

Rechte Seite: Wunderschöne, alte Backsteingebäude stehen leer.

Viele Gebäude sind vom Vandalismus gezeichnet.

450 Passagieren ungebremst in einen auf den Schienen befindlichen Panzer krachte. Die Lokomotive überschlug sich durch die Wucht des Aufpralls und der Panzer wurde noch über 100 Meter mitgeschleift. Beide Lokführer sowie vier Passagiere starben noch an der Unfallstelle, 33 Menschen wurden teils schwer verletzt. Die Lokomotive, sechs Waggons sowie der Speisewagen waren so stark zerstört, dass sie direkt vor Ort zerlegt und entsorgt werden mussten. Unfälle in der DDR, bei der die Rote Armee beteiligt war, wurden oftmals vertuscht. Nicht so in diesem Fall. Die DDR-Medien und sogar das Westdeutsche Fernsehen berichteten ausführlich über dieses Unglück. Die Reichsbahn forderte Schadensersatz von der Sowjetarmee in Höhe von über 13 Millionen Mark. Bezahlt wurde dieser jedoch nie.

Pläne für die Zukunft Der größte Teil des Geländes wurde in den vergangenen Jahren abgebaut. Es sind jedoch noch immer einige Gebäude zu sehen. Es ist geplant, das Gelände vollständig zu renaturieren. Eventuelle Gewerbeflächen sollen freigehalten werden. Eine Lagerhalle, zwei Speicherbauten, ein Pförtnerhaus sowie ein Wohnhaus stehen heute unter Denkmalschutz. Wir fahren weiter Richtung Jüterbog, genauer gesagt zur Bülowstraße. An der Kreuzung zur Straße am Schließplatz ist der Name Programm. Auch hier findet man ein riesiges ehemaliges Kasernengelände. Die Häuser sind aus rotem Backstein, die Fenster eingeschlagen.

Links: Zerschlagene Fenster wirken wie ein Kunstwerk.

Rechts: Fast ein bisschen gespenstisch

Militärstadt seit 200 Jahren Jüterbog ist nach Brandenburg an der Havel die zweitälteste Stadt Brandenburgs. Über viele Jahrhunderte hinweg war dieser Ort immer wieder Schauplatz geschichtsträchtiger Ereignisse. Das schöne Rathaus, die Wassertürme und die Stadttore zeugen von der Blütezeit der Stadt vor dem Dreißigjährigen Krieg. Im 19. Jahrhundert avancierte Jüterbog dann zur Militärstadt. Dies kann man hier im Norden an der ehemaligen Kaserne mit Schießplatz auch gut erkennen. Die Natur hat das Gelände, wie so oft bei Lost Places, fest in der Hand. Das Gras steht meterhoch, einst befestigte Wege sind zugewuchert, Bäume wachsen aus den Gebäuden heraus. 1864 nahm hier der erste offizielle Schießplatz seinen Betrieb auf. Anfang 1990 zogen mit der sowjetischen Armee die letzten Eigentümer ab. Seitdem herrscht gähnende Leere. Auf dem ehemaligen Schießplatz soll wohl ein Action-Park mit Angeboten wie Paintball, Skateranlage und Hoverbikes entstehen.

Kasernengebäude in Forst Zinna

Geisterstadt Ein Stück weiter entlang der Bülowstraße und in der Parallelstraße stehen weitere verlassene Gebäude. Der Straßenname »Alte Garnison« ist hier ebenfalls Programm. Die wunderschönen alten Backsteingebäude entlang der Straße stehen leer. Es ist gespenstisch und irgendwie schade. Einige Gebäude wurden bereits aufwendig zu Wohnhäusern umgebaut, unzählige alte Militärgebäude stehen jedoch weiterhin leer. Teilweise sind die Dächer eingestürzt. An der Parkstraße befindet sich noch ein Pförtnerhäuschen. Der Stadtteil nennt sich Jüterbog II. Die dortige ehemalige Kasernenstadt existiert bereits seit der Kaiserzeit, als der Schießplatz ausgebaut und eine erste ständige Garnison angesiedelt wurde. Ab 1920 wurde das Gelände dann weiter ausgebaut. Während der sowjetischen Besatzung war hier ein Großteil der Poltawa-Division stationiert. Heute ist nicht ganz klar, wie viele Soldaten, Zivilisten und Familienangehörige damals in der Garnisonsstadt lebten. Die Zahlen schwanken zwischen 40.000 und 70.000 Personen. Die Rote Armee okkupierte nach dem Zweiten Weltkrieg sämtliche Militärareale in Jüterbog. Für die Nutzung weiterer Flächen mussten viele Familien ihre Häuser verlassen. Der Stadtteil Jüterbog II wurde zur Zeit der Besatzung auch als Verbotene Stadt bezeichnet, da der Zutritt für Zivilisten verboten war. 1992 zog die Rote Armee ab. Jüterbog II ist heute Teil des Förderprogramms »Soziale Stadt« des Bundes.

Die Verbotene Stadt Jüterbog ist heute verlassen.

Das besondere Erlebnis

Die Stadt Jüterbog bietet spezielle Führungen zur Militärgeschichte der Stadt an. Auf den Führungen zu Jüterbog II, der preußischen Garnison oder der Sowjetgarnison nach 1945 erfährt man allerlei Geschichtliches vom Jüterboger Ortschronist Henrik Schulze. Und auch so ist ein Besuch der Stadt mit ihrem schönen Marktplatz und den kleinen umliegenden Straßen einen Ausflug wert. Die Skate-Strecke Fläming-Skate ist ebenfalls nicht weit.

Pförtnerhäuschen

8 Hitlers Germania

Schwerbelastungskörper

Adolf Hitler hatte große Pläne, nicht nur für die Außengrenzen Deutschlands, sondern auch für die Umgestaltung von Berlin in die neue Hauptstadt »Germania«. Zusammen mit Generalbauinspektor Albert Speer wollte Hitler riesige, monumentale Bauten erschaffen. Was ist davon geblieben?

Bezirk Tempelhof-Schöneberg, Berlin **Ort** General-Pape-Straße 100, Tor 1, 12101 Berlin **GPS** 52.4835859, 13.3839598 **Anfahrt** Mit dem Auto über Tempelhofer Damm und Dudenstraße. Mit der U6 bis Platz der Luftbrücke und dann 10 Minuten zu Fuß oder mit der S1 bis Julius-Leber-Brücke, Bus 104 bis Kolonnenbrücke oder Bus 106 bis Julius-Leber-Brücke.

Der Koloss von Tempelhof Diese Bezeichnung trifft es ganz gut, wenn man sich den Schwerbelastungskörper an der General-Pape-Straße 34A in Berlin Tempelhof ansieht. Ein riesiger Betonklotz, umgeben von Natur und Mehrfamilienhäusern. Wie kam es zu diesem eigenartigen Namen? Wie es sich vermuten lässt, sollte dieses Ge-

Der Eingang wirkt fast wie ein Mauseloch.

bäude schwere Belastungen aushalten. Und das von Anfang an. Adolf Hitler plante mit Albert Speer eine komplette Umgestaltung von Berlin zur Reichshauptstadt »Germania«, mit breiten Prachtstraßen: die Ost-West-Achse von der Heerstraße über Unter den Linden bis zur Frankfurter Allee und die Nord-Süd-Achse vom Nordbahnhof bis nach Tempelhof. Diese Magistralen sollten die Reichshauptstadt wie ein Kreuz teilen.

Artefakte aus vergangenen Tagen

Der Geschichts-parcours Papestraße

Monumentale Bauten für die Hauptstadt

Des Weiteren hatte Hitler Gebäude wie die Große Halle und den Triumphbogen geplant. Letzterer sollte am Südende der Nord-Süd-Achse in Tempelhof stehen und so den Kontrast zur Großen Halle auf der anderen Seite der Achse bilden. Der 120 Meter breiten und 7 Kilometer langen Nord-Süd-Achse galt bei diesem Bauprojekt die größte Aufmerksamkeit. Die Dimensionen waren von schierem Größenwahn geprägt: Der Triumphbogen sollte 117 Meter hoch und 170 Meter breit werden. Zum Vergleich: Das Park Inn Hotel am Alexanderplatz ist 125 Meter hoch. Auf dem Bogen sollten die Namen aller deutschen Soldaten, die im Ersten Weltkrieg gefallen sind, stehen, zusammen mit heroischen Reliefs von

Links: Der Koloss von Tempelhof

Rechts: 14 Meter überirdisch, 18 Meter unter der Erde

Arno Breker, einem der führenden Künstler des Nationalsozialismus. Die Entwürfe für den Triumphbogen wurden 1939 fertiggestellt. Infolge des Zweiten Weltkriegs wurden die Bauarbeiten für »Germania« jedoch nicht fortgeführt.

Hitlers Größenwahn Die Dimensionen des Bogens und weiterer geplanter Gebäude waren so gewaltig, dass nicht ganz klar war, ob der sandige, märkische Boden diesen Belastungen überhaupt standhalten würde. Dafür wurde 1941 der heute als Schwerbelastungskörper bekannte Betonzylinder in Berlin Tempelhof errichtet. Er ist 21 Meter breit, 14 Meter hoch und wiegt über 12.000 Tonnen. Aber, was man oberirdisch sieht, ist längst noch nicht alles. Unter der Erde befindet sich ein 18 Meter hoher Zylinder, für den französische Kriegsgefangene tief in den Boden graben mussten. Das ganze Bauwerk simuliert eine Belastung von 12,65 Kilogramm pro Quadratzentimeter. Für 400.000 Mark übernahm das Unternehmen Dyckerhoff & Widmann aus München, das damals führend im Betonbau war, das Errichten des Betonkolosses. Im Inneren des Zylinders verbaute man in verschiedenen Kammern Messgeräte, und man begann bereits während des Baus mit Druckmessungen, die bis zum Juni 1944 fortgeführt wurden. Schon während des Betoniervorgangs neigte sich der Zylinder um 3,5 Zentimeter und zwei Jahre nach Baubeginn war er um weitere 20 Zentimeter gesunken. Die Messergebnisse konnten aufgrund des Zweiten Weltkriegs erst Ende der 1940er-Jahre ausgewertet werden. Demnach hätte der Triumphbogen nur gebaut werden können, wenn man den Boden zuvor umfangreich verfestigt hätte.

Das letzte Relikt von Hitlers Germania-Plänen

Das einzige Relikt Weil er in der Nähe eines Wohngebiets stand, wurde der Schwerbelastungskörper nach dem Zweiten Weltkrieg nicht gesprengt. Die Deutsche Gesellschaft für Bodenmechanik führte bis 1983 weitere Messversuche durch. Danach verwilderte das Grundstück zusehends. Seit 1995 steht es unter Denkmalschutz. Von der geplanten Nord-Süd-Achse ist der Schwerbelastungskörper heute das einzige oberirdische Bauzeugnis und kann besichtigt werden. Das Bezirksamt Tempelhof-Schöneberg hat die Außenhülle des Zylinders in den vergangenen Jahren aufwendig saniert und das komplette Areal umgestaltet. Es gibt nun auch einen Informationspavillon und eine Aussichtsplattform.

12.000 Tonnen Beton

Das besondere Erlebnis

Der Schwerbelastungskörper kann von April bis Oktober besichtigt werden (Di–Do, Sa–So 13–18 Uhr, Eintritt frei). Sonntags um 14 Uhr werden öffentliche Führungen angeboten. Die Teilnahme ist kostenfrei. Wer weitere geschichtsträchtige Standorte in der Nähe besuchen möchte, dem sei das SA Gefängnis Papestraße oder der Geschichtsparcours Papestraße empfohlen. An 14 Stationen kann man die geschichtliche Entwicklung rund um die General-Pape-Straße erkunden.

9 Brote für den Krieg

SS-Brotfabrik Sachsenhausen

In Oranienburg befindet sich neben dem allgemein bekannten KZ Sachsenhausen auch das Außenlager Klinkerwerk, auf dem es ein Ziegelwerk, einen Steinbruch und eine Brotfabrik gab. Letztere belieferte das Konzentrationslager sowie weitere SS-Dienststellen in Berlin und Brandenburg.

Oranienburg, Landkreis Oberhavel, Brandenburg **Ort** Lehnitzschleuse, 16515 Oranienburg **GPS** 52.7664823, 13.2782979 **Anfahrt** Mit der S1 oder der Regionalbahn bis Oranienburg, von dort 3 km zu Fuß. Mit dem Auto über die L273, hinter der Brücke am Oder-Havel-Kanal von Oranienburg aus kommend links.

Mitten im Wald Fährt man von Oranienburg kommend über die Brücke nördlich des Lehnitzsees, zweigt links eine unscheinbare Straße ab. Unscheinbar war sicherlich ideal für den Ort, den es einst an dieser Stelle gab. Mitten im Wald direkt an der Lehnitzschleuse und dem Oder-Havel-Kanal stand das Außenlager Klinkerwerk. Was zunächst als Arbeitslager mit Ziegelwerk und Steinbruch angedacht war, wurde später als Schießplatz für gezielte Tötungen von politischen Häftlingen ge-

Links: Der Turm steht seit 80 Jahren intakt da.

Rechts: Die Natur holt sich das Gelände zurück.

nutzt. Mit den hier gewonnenen Ziegeln und Steinen sollten die größenwahnsinnigen Pläne von Adolf Hitler, unter der Leitung des Generalbauinspektors Albert Speer, für die Umgestaltung von Berlin zu »Germania« in die Tat umgesetzt werden. Durch die Nähe zum Kanal konnten die Baumaterialien direkt abtransportiert werden. Später kam eine Bahnanbindung dazu. In den letzten Kriegsjahren wurden die Stätten des Klinkerwerkes dann zu einer Rüstungsproduktion für Munition umgebaut.

Riesige leer stehende Lagerhallen

Errichtung der Brotbäckerei Im Jahr 1939 wurde das Gelände erweitert. Errichtet wurde die Brotbäckerei von Häftlingen des KZ Sachsenhausen, die das dicht bewaldete Gebiet zunächst unter widrigsten Umständen und mit einfachen Werkzeugen abholzen mussten. Ab 1941 wurden hier Brote gebacken, die an das KZ Sachsenhausen, Ausrüstungswerke und weitere SS-Dienststellen in der Umgebung geliefert wurden. Die Verzögerung zwischen Bau und Produktion lag an Engpässen in der Materialbeschaffung in dem bereits vom Krieg gezeichneten Deutschland. In der Produktion und im Versand waren ungefähr

Viele Dächer sind eingestürzt.

Links: Wie dieses Gebäude wohl einst genutzt wurde?

Rechts: KZ-Häftlinge gingen hier ein und aus.

80 Häftlinge unter strikten Hygienevorschriften beschäftigt. Sie konnten täglich duschen, trugen saubere Kleidung und hatten genug Brot zu essen. Privilegien, die sie hatten, weil man sich bei der SS um die eigene Gesundheit sorgte – und mit denen sich die Arbeiter den Neid der anderen Häftlinge zuzogen.

Toteneck Zu Beginn mussten die Häftlinge jeden Tag die rund 3 Kilometer vom Konzentrationslager Sachsenhausen zur Brotfabrik marschieren. Weil einige Häftlinge bei dem Versuch, zwischen der heutigen Bernauer Straße und der Bäckerei in den dichten Wald zu fliehen, umgebracht wurden, nannte man das Gebiet früher auch Toteneck. Bis zu 10.000 Brote wurden anfangs pro Tag gebacken. Später steigerte man die Menge auf 40.000 Brote täglich, indem man die Arbeitszeiten verlängerte, Schichtbetrieb einführte und zwei weitere Backöfen in Betrieb nahm. So war es möglich, weitere Konzentrationslager, darunter Groß Rosen in Polen, zu beliefern. Die Zivilbevölkerung wurde bis zum Kriegsende nicht mit dem Brot versorgt. Hinsichtlich der technischen Ausstattung war die Brotfabrik damals auf der Höhe der Zeit. So verfügte sie über Ketten- und Ausziehöfen über zwei Ebenen sowie einen Mehllift. Nach diversen Versuchsreihen führte man später auch Produktionsproben für Konservenbrot durch, das länger haltbar sein sollte und vermutlich für die Versorgung von Soldaten gedacht war. Belege, dass dieses Konservenbrot tatsächlich im Klinkerwerk in Produktion ging, gibt es jedoch nicht.

Der Konsum übernimmt den Betrieb Nach dem Ende des Zweiten Weltkriegs wurde die SS-Bäckerei von Soldaten der Roten Armee weiter betrieben. Man versorgte zu-

nächst die ausgemergelten Überlebenden aus dem KZ Sachsenhausen mit Brot; Ende der 1940er-Jahre übernahm die Konsumgenossenschaft Niederbarnim den Produktionsbetrieb und führte ihn bis 1991 als Konsum-Großbäckerei weiter. Danach wurde der Betrieb eingestellt und abgewickelt. Heute ist das Gelände komplett zugewuchert. Es ist immer wieder erstaunlich, wie sich die Natur ihren Raum zurückerobert, wenn man sie lässt. Auf dem Gelände befinden sich verschiedene Gebäude und Nebengelasse, bei denen fast alle Dächer eingestürzt sind. Die Fenster sind vergittert oder mit Brettern zugenagelt. Die zwei großen Türme zeichnen das Gelände aus.

Die zwei großen Türme zeichnen das Gelände aus.

Die Fenster sind vergittert oder zugenagelt.

Das besondere Erlebnis

Ein Stück hinter der Brotfabrik an der nächsten Kurve befindet sich eine kleine Open-Air-Ausstellung zum Außenlager Klinkerwerk. Auf verschiedenen Informationstafeln können Interessierte Näheres zur Entstehung, Geschichte sowie deren Inhaftierten erfahren. Direkt neben der Ausstellung befindet sich ein Gebäude des ehemaligen SS-Schießübungsplatzes, das ebenfalls verfallen ist. Hier befand sich das Tötungsareal des KZ Sachsenhausen. Geheim in einem Waldgebiet wurden hier Mordbefehle zum Beispiel an politischen Häftlingen ausgeführt.

10 Trügerische Idylle

SS-Wohnsiedlung in Ravensbrück

In unmittelbarer Nähe zum ehemals größten nationalsozialistischen Konzentrationslager für Frauen liegt ein Gebäudeensemble mit einer beeindruckenden Geschichte.

Ravensbrück, Stadt Fürstenberg/Havel, Oberhavel, Brandenburg **Ort** Himmelpforter Landstraße/Straße der Nationen, 16798 Fürstenberg/Havel **GPS** 53.192588, 13.158379 **Anfahrt** Aus Berlin kommend mit dem Pkw auf der B96 Richtung Norden nach Gransee/Neustrelitz. Fürstenberg/Havel fast komplett durchqueren und dann rechts auf die Ravensbrücker Dorfstraße in Richtung Gedenkstätte Ravensbrück abbiegen. Der Ausschilderung bis zur Himmelpforter Landstraße folgen.

Eines der zehn SS-Unterführerhäuser

Nur einen Steinwurf entfernt Inmitten eines waldähnlichen Geländes und unweit des Schwedtsees gelegen, könnte man an diesem Ort beinahe ins Träumen geraten und von einem beschaulichen Fleckchen Erde reden. Die hier stehenden Häuser sind für ihr Alter von rund 80 Jahren ausgesprochen gut erhalten und scheinen irgendwie auf neue Bewohner zu warten. Wenn man mit dem Auto oder Fahrrad auf der Straße entlangfährt, nimmt man die Gebäude zunächst gar nicht wahr. Umgeben von zahlreichen Laub- und Nadelbäumen wirken sie auf den ersten Blick wie Ferienhäuser, die seit Längerem nicht mehr aufgesucht wurden, was in Brandenburg durchaus keine Seltenheit ist. Breite Eingangstreppen, Pfeiler aus Naturstein, unterschiedlich geformte Dachgauben sowie Loggien aus Holz schmücken die einzelnen Gebäude und lassen nichts von ihrer unheilvollen Vergangenheit erahnen. Lediglich ein paar Betreten-verboten-Schilder halten einen davon ab, weiter vorzudringen.

Ernüchterung stellt sich schnell ein Der Begeisterung folgt sehr bald Verdrossenheit. Nämlich genau in dem Moment, in dem man sich vergegenwärtigt, wo man

gerade umherspaziert. Die Waldsiedlung liegt in Ravensbrück, nahe dem ehemals größten deutschen Konzentrationslager für Frauen während der Nazi-Herrschaft. Weite Teile des Lagers liegen außerhalb der heutigen Gedenkstätte und sind oftmals gar nicht als solche erkennbar. Etliche Gebäude sind verfallen, wurden komplett überbaut oder sind ganz verschwunden.

Eine Wohnsiedlung für die SS-Lageraufsicht Mit dem Bau der Wohnhäuser für die Mitarbeiter der Schutzstaffel (SS) und deren Familienangehörige wurde 1939 begonnen – sie lagen nur wenige Schritte von der Kommandantur und dem Erschießungsgang entfernt. Einen Großteil der Arbeiten mussten die weiblichen KZ-Häftlinge ausführen, unterstützt von Firmen aus der näheren Umgebung. Für das »Feierabendglück« ihrer Peiniger schlugen die Frauen Steine für die Straße und verlegten sie, sie mussten das Gelände für den Bau vorbereiten, die schweren Baustoffe transportieren und Gartenarbeiten ausführen. Die Häuser selbst waren im Gegensatz zu den Baracken des Lagers großzügig geschnitten. Neben den vier Einfamilienhäusern für die SS-Führer, den sogenannten Führerhäusern, entstanden hier auch acht Aufseherinnenhäuser und zehn Unterführerhäuser. Nahezu alle Gebäude hatten Blick auf den idyllisch gelegenen Schwedtsee, in dem die Asche zahlreicher Opfer entsorgt wurde. Im einzigen sogenannten »Schutzhaftlager für Frauen« auf deutschem Gebiet waren zwischen 1939 und 1945 über 140.000 Frauen, Männer und Kinder aus mehreren Dutzend Nationen inhaftiert. Zehntausende von ihnen starben aufgrund der schlechten Haftbedingungen, an Hunger oder Krankheiten, wurden ermordet oder für medizinische Experimente missbraucht.

Problematischer Nachlass Nach dem Zweiten Weltkrieg zogen sowjetische Offiziere mit ihren Familien in die Häuser. Sie veränderten nicht allzu viel an der Bausub-

Blick auf den nahegelegenen Schwedtsee

stanz, sodass noch heute Etliches erhalten ist. In den Unterführerhäusern gab es nun vier statt der ehemals zwei Wohnungen, aber Details wie Einbauschränke, holzgetäfelte Decken und Kamine blieben wie ursprünglich gebaut. Seit dem Abzug der Sowjet-Soldaten Anfang der 1990er-Jahre stehen die Häuser größtenteils leer. Zwischenzeitlich zeigte sich ein Investor am Kauf der Siedlung interessiert, der die Häuser aufwendig sanieren und an Privatleute verkaufen wollte. Von dieser Idee distanzierte sich die Stadt Fürstenberg/Havel glücklicherweise. Ravensbrück gelangte bereits 1991 zu trauriger Berühmtheit, als an der Zufahrt zur Gedenkstätte ein Supermarkt gebaut wurde. Nach internationaler Kritik wurde das Gebäude jedoch nie als Supermarkt genutzt und 2011 schließlich abgerissen. In einigen Häusern der ehemaligen SS-Siedlung sind inzwischen Ausstellungen zum Lageralltag sowie ein Seminarhaus und eine Internationale Jugendbegegnungsstätte untergebracht.

Zutritt verboten!

Das besondere Erlebnis

Die Mahn- und Gedenkstätte Ravensbrück ist auf jeden Fall einen Besuch wert. Neben ihren Dauerausstellungen bietet sie immer wieder höchst interessante Sonderausstellungen. Für einen nicht allzu schwermütigen Abschluss dieses Ausflugs empfiehlt sich auch ein Abstecher nach Fürstenberg/Havel, der einzigen Wasserstadt Deutschlands. Erkunden Sie bei einem Bummel den mittelalterlichen Stadtkern oder paddeln Sie auf der Havel zu einem der zahlreichen Seen der Umgebung.

Kapitel 19: Treppenhaus im VEB Kraftfuttermischwerk.

11 Isoliert und streng bewacht

ABOAG-Betrieb in Treptow

Mit dem Bau der Mauer wurde eine volkseigene Reparaturwerkstatt für Omnibusse und Lkw über Nacht zu einem Grenzbetrieb, der unter fortwährender Überwachung stand.

Bezirk Treptow-Köpenick, Berlin **Ort** Am Flutgraben 3, 12435 Berlin **GPS** 52.497310, 13.451682
Anfahrt Mit der S-Bahn bis Treptower Park oder mit der U-Bahn bis Schlesisches Tor, den Rest zu Fuß gehen; oder mit dem Bus 165 bzw. 265 bis zur Haltestelle Heckmannufer fahren.

Grenzlinie direkt am Wasser Dort, wo heute Künstler ihre Ateliers haben und am Abend das Partyleben tobt, sah die Welt in Zeiten des Kalten Krieges noch komplett anders aus. Kaum zu glauben, aber das Atelierhaus am Flutgraben ist das einzige Grenzgebäude Ost-Berlins, das den Auf-, Aus- und Abbau der Mauer überlebt hat. Der Flutgraben, der ein Stück weiter in die Spree mündet, bildet seit Langem die Grenze zwischen den Bezirken Treptow und Kreuzberg. Das war auch schon vor dem Mauerbau der Fall, doch mit der Abriegelung der Sektorengrenze am 13. August

Links: Wer ringt denn hier mit wem?

Rechts: »Das Fenster zum Hof«

1961 änderte sich die Lage auf dem nebenan liegenden Grundstück dramatisch. Der ehemals von der Allgemeinen Berliner Omnibus AG errichtete Busbetriebshof wurde von einer Minute zur anderen zum Grenzbetrieb. Das direkt am Flutgraben liegende Werkstattgebäude des VEB Omnibus- und Lastwagenreparatur (OLW) stand plötzlich auf der Grenzlinie. Die Grenzer konnten nicht einmal ums Haus patrouillieren, da die linke Gebäudewand direkt am Flutgraben lag und somit bereits die Grenze bildete.

Arbeit unter ständiger Beobachtung Kurz nach dem Mauerbau gab es noch etliche erfolgreiche Fluchtversuche, doch wurde auch dieser Schlupfwinkel wenig später auf Weisung der SED-Führung »restlos dichtgemacht«. Man erreichte dies sowohl durch bauliche Maßnahmen als auch durch den Einsatz von Grenzsoldaten und betriebsinternen Kontrollwahn. Die einen patrouillierten auf dem Dach, während die anderen in den Etagen darunter ihrer täglichen Arbeit hinter zugemauerten Fenstern nachgingen. Viele Betriebsangehörige fühlten sich in ihrer Arbeit eingeschränkt und gegängelt, aber aus purer Hilflosigkeit oder Angst vor

Hier stiegen die Grenzer den Arbeitern aufs Dach.

Gelände des ehemaligen Omnibusbetriebshofs

Repressalien ertrugen sie die täglichen Zumutungen. Fluchtversuche gab es natürlich weiterhin, doch wurden diese mit den Jahren immer weniger. Zuletzt gelang einem Betriebsangehörigen des VEB OLW im Januar 1988 die Flucht nach West-Berlin.

Auf und davon Nicht wenige Bürger wollten die DDR verlassen. Bereits vor ihrer Gründung im Jahr 1949 siedelten Tausende Menschen in den Westen über, ohne sich offiziell umzumelden. 1951 stellte man dieses Vergehen schließlich unter Strafe. Aus zunächst höchstens drei Monaten Haft wurden 1954 bereits bis zu drei und 1968 sogar bis zu fünf Jahre Gefängnis. Eine begrenzte Reisefreiheit war lediglich ins sozialistische Ausland gegeben. Privatreisen in den Westen unterlagen besonderen Bedingungen und waren nur Einzelpersonen zu besonderen Anlässen gestattet. Selbst Dienstreisen waren nur nach einer erfolgreichen Sicherheitsüberprüfung durch das Ministerium für Staatssicherheit erlaubt. Ausreiseanträge, also der Wunsch nach Emigration in den Westen, waren mit großen Schikanen für den Antragssteller sowie dessen Verwandte und Bekannte verbunden, falls sie denn überhaupt bearbeitet wurden. Bei

Betonsteg, der als Grenzanlage diente.

Heute werden die Räume als Ateliers genutzt.

Links: Laubengang mit Blick auf den Osthafen

Rechts: Nah am Wasser gebaut

Personen im Rentenalter schaute man dann nicht mehr so genau hin. Weil sie das Land nicht auf legalem Weg verlassen konnten, entschlossen sich daher zahlreiche DDR-Bürger zur Flucht. Dies geschah unter teils lebensgefährlichen Umständen. Sie versuchten es auf dem Land-, Wasser- und selbst auf dem Luftweg. Viele kostete der Fluchtversuch das Leben – sie wurden erschossen, ertranken oder stürzten ab.

Authentische Relikte Heute kann man das ehemalige ABOAG-Gebäude im Rahmen einer Führung des Vereins Grenzläufte e.V. oder zu besonderen Thementagen besichtigen. Dabei stößt man noch immer auf Spuren aus dieser bewegenden Zeit. Seien es die mit Eisenblech versperrten Fenster, der metallene Patrouillenweg auf dem Dach oder Kritzeleien von ehemaligen Grenzern auf dem Dachboden.

Das besondere Erlebnis

Auch in der näheren Umgebung des heutigen Atelierhauses sind noch zahlreiche Relikte des DDR-Grenzregimes zu finden. Bereits in Sichtweite kann man in die eine Richtung den Wachturm im Schlesischen Busch und in die andere den Betonsteg, der zwischen Osthafen und dem Arena-Gelände liegt, entdecken. Wer mehr über die teils unglaublichen Fluchtaktionen erfahren möchte, dem sei ein Besuch des Mauermuseums am Checkpoint Charlie (Friedrichstraße 43–45, 10969 Berlin, www.mauermuseum.de) oder der Gedenkstätte Berliner Mauer (Bernauer Straße 111, 13355 Berlin, www.berliner-mauer-gedenkstaette.de) empfohlen.

12 Geheimobjekt 05/206

Atombunker Garzau

Diese Bunkeranlage im Umland Berlins lässt einen nicht nur unter die Erdoberfläche, sondern auch in ein erstaunlich gut erhaltenes Stück Geschichte abtauchen.

Garzau-Garzin, Märkisch-Oderland, Brandenburg **Ort** Gladowshöher Straße 3, 15345 Garzau-Garzin **GPS** 52.542499, 13.932074 **Anfahrt** Mit der Regionalbahn RB26 bis zum Bahnhof Rehfelde und von dort gut 2 Kilometer Fuß- bzw. Radweg bis zum Gelände in Garzau. Oder mit dem Auto auf der Bundesstraße B1 in Richtung Osten.

Tarnung ist alles Auf dem Weg zum Ort des Geschehens fällt zunächst einmal nur der Hinweis auf die Paintball-Anlage auf. Kein echter Breitensport, aber auch nicht wirklich außergewöhnlich für Brandenburg. Ähnliches kann man von dem Gebäudekomplex behaupten, dem man hier gegenübersteht. Ein typischer Betonbau, der seine DDR-Herkunft nicht leugnen kann. Eine Bunkeranlage würde hier vermutlich nur das geschulte Auge eines Experten ausmachen, dem der Hügel und ein paar Aufbauten hinter dem Stabsgebäude umgehend den verräterischen Weg weisen. Alle anderen grübeln stattdessen, wo genau sich denn nun der Bunker befindet, den man nur im Rahmen einer Führung besichtigen kann.

Links: Verlaufen unmöglich: Blick in den Ringflur

Rechts: Speiseraum mit besonderem Flair

Türpolitik der Extraklasse

Relikt des Kalten Krieges Gebaut wurde die Anlage zwischen 1972 und 1975 vom Ministerium für Nationale Verteidigung (MfNV). Es diente als Organisations- und Rechenzentrum (ORZ) der Nationalen Volksarmee der DDR (NVA) und wurde dieser 1976 offiziell übergeben. Die Planung hatte – wie bei vielen Spezialbauwerken dieser Zeit – das VEB Projektierungsbüro Süd in Dresden übernommen. Es zeichnete beispielsweise auch für den sogenannten Honecker- und Mielke-Bunker verantwortlich. Der Zutritt zu dem zweigeschossigen Bauwerk erfolgt über den Keller des Dienstgebäudes, das einst den Küchentrakt samt Speisesaal und das Wachgebäude beherbergte. Von dort führt ein etwa 200 Meter langer Gang zu einer Dekontaminationsschleuse, die nicht nur das Eindringen Unbefugter, sondern auch das von Kampfstoffen jeglicher Art in den Komplex aus massivem Stahlbeton verhindern sollte.

Interessante Einblicke Der Bunker selbst gliedert sich in ein Ober- und ein Untergeschoss, wobei alle Räume jeweils über einen Ringflur zu erreichen sind. Im Obergeschoss befinden sich vor allem Versorgungseinrichtungen wie eine Küche mit Speiseraum, eine Krankenstation, Ruheräume, die Belüftungsanlagen und das Trinkwasserwerk. Die äußerst gut erhaltene Einrichtung erlaubt einen authentischen Einblick in den damaligen Arbeitsalltag. Im Untergeschoss, 17 Meter unter der Erdoberfläche, stößt man dann auf das Herzstück der Anlage: das Rechenzentrum. Beim Gang durch die Räume glaubt man, in eine längst vergessene Welt abgetaucht zu sein. Kaum zu glauben, dass die Computertechnik so einmal ihren Anfang nahm.

Unscheinbare DDR-Architektur

Technik, die noch heute begeistert

Zeitreise der besonderen Art Das ORZ war mit Rechentechnik aus dem ESER-Programm ausgestattet. Hinter ESER verbirgt sich das Einheitliche System Elektronischer Rechentechnik, ein Abkommen verschiedener Staaten des Rats für gegenseitige Wirtschaftshilfe (RGW) – der sozialistischen Antwort auf den amerikanischen Marshallplan. ESER war nicht nur der Name des Programms, sondern so hießen auch die Computer, die dem vereinbarten Standard entsprachen. Üblicherweise begannen die Modellbezeichnungen der ESER-Computer mit einem »ES« und wurden ergänzt durch eine vierstellige Nummer. In Garzau waren bis 1985 zwei Rechner vom Typ ES 1040 und später dann ES 1055 im Einsatz. Das wichtigste Projekt des ORZ war das Operative Auskunftssystem des Stabes. Dafür wurden täglich die Daten sämtlicher Truppenteile der NVA gesammelt, ausgewertet, aufbereitet und an diverse Führungsstellen wie die des MfNV oder des Nationalen Verteidigungsrates der DDR (NVR) weitergeleitet. Im Ernstfall hätte man im etwa 25 Kilometer entfernten Bunker Harnekop die tagesaktuellen Daten aus Garzau auf einem baugleichen Rechner einlesen können. Apropos Ernstfall: Der Atombunker Garzau war für eine maximale Hermetisierungszeit von 24 Stunden und eine Besatzung von bis zu 128 Personen ausgelegt. Für die Zivilbevölkerung war der Bunker jedoch nicht gedacht.

Zeitenwende Nach der Auflösung der NVA nutzte die Bundeswehr die Anlage noch bis 1993, führte jedoch keinerlei Modernisierungen durch. Anschließend wechselte das Bauwerk mehrfach den Besitzer. 1999 rückte das Objekt kurzzeitig ins Licht der Öffentlichkeit, als dilettantisch gelöschtes Datenmaterial der Hauptverwaltung Aufklärung (HVA), dem Auslandsnachrichtendienst der DDR, eingelagert und später entschlüsselt wurde. Glücklicherweise blieben Plünderungen und Vandalismus während dieser Zeiten des Übergangs weitestgehend aus. Seit Längerem werden nun 1,5-stündige Führungen angeboten, die dank der fast vollständig erhaltenen Einrichtung und der fachkundigen Begleitung einen erstaunlich realistischen Blick auf dieses Stück Geschichte erlauben (www.bunker-garzau.de/termine).

Klare Ansage

Das besondere Erlebnis

Quasi gleich um die Ecke findet sich die größte Feldsteinpyramide Deutschlands, die Pyramide Garzau. Möchte man noch etwas mehr erleben, empfiehlt sich ein Abstecher nach Buckow, Brandenburgs einzigem staatlich anerkannten Kneippkurort. Der Weg dorthin führt vorbei am Langen See, der im Sommer auf jeden Fall zu einem Sprung ins kühle Nass einlädt. In Buckow, der »Perle der Märkischen Schweiz«, gibt es neben dem Schermützelsee beispielsweise den Schlosspark, das Brecht-Weigel-Haus und diverse Wassertretstellen zu sehen.

Damals hochmodern, heute bereits historisch

13 Klangerlebnis

Funkhaus Nalepastraße

Im Funkhaus Nalepastraße hatte bis 1990 der Rundfunk der DDR seinen Sitz. Hier wurden alle überregionalen Radiosendungen der DDR produziert. Wie geht es weiter mit diesem bedeutenden Gebäude der deutsch-deutschen Teilung?

Bezirk Treptow-Köpenick, Berlin **Ort** Nalepastraße 18, 12459 Berlin **GPS** 52.4800707, 13.4981262 **Anfahrt** Mit dem Auto über die Rummelsburger Landstraße, weiter in die Nalepastraße. Mit der Tram 21 bis Köpenicker Chaussee/Blockdammweg.

Rundfunk in Berlin Nach Ende des Zweiten Weltkriegs sollte das Radioprogramm schnell wieder aufgenommen und ausgebaut werden. Alle deutschen Radioprogramme wurden in den ersten Jahren nach dem Krieg im Haus des Rundfunks in der Masurenallee im Bezirk Charlottenburg-Wilmersdorf produziert. Das Gebäude befand sich im Britischen Sektor. Die von den Sowjets gegründeten Radiosender Berliner Rundfunk und Deutschlandsender wurden demnach von den Briten nicht mehr geduldet. Ein neues Rundfunkgebäude für die DDR-Radioprogramme musste her. Die leer stehende Sperrholzfabrik in der Nalepastraße wurde dafür ausgewählt und zu einem modernen Rundfunkhaus umgebaut. Nach nur einem Jahr Umbau-

Idyllisch gelegen direkt an der Spree

zeit konnte 1952 bereits aus einigen Sendestudios und Aufnahmeräumen der vollumfängliche Sendebetrieb für alle Radioprogramme der DDR aufgenommen werden. Ab Mitte des Jahres 1952 wurde auf dem Gelände an der Spree ein komplett neues Sendehaus mit Aufnahmestudios und großem Sendesaal errichtet. Im Foyer des als Block B bezeichneten Gebäudes wurden Marmorplatten aus der Neuen Reichskanzlei von Adolf Hitler verbaut. Anfang 1955 kam es kurz vor der Fertigstellung des Gebäudes zu einem großen Brand. Der Bauabschluss verzögerte sich dadurch um ein Jahr. Die DDR-Regierung gab Brandstiftung durch »Feinde des Friedens« als Brandursache an.

Modernste Rundfunktechnik Ab 1960 wurde der bis heute gut sichtbare Block E mit seinen fünf Etagen errichtet. Aus dem Flachbau dahinter sendeten damals sämtliche überregionalen Radiosender der DDR. Es wurde nicht gespart. Für den Bau des Rundfunkhauses beauftragte man Experten für Akustik und Raumklang, um die bestmöglichen Bedingungen für diese Rundfunkanstalt zu schaffen. Der Gebäudekomplex beherbergte sogar den größten Schaltraum Europas. Die Sendestudios gelten bis heute als »State of the Art«. Das Studiogebäude wurde als sogenannte Haus-in-Haus-Konstruktion errichtet. Damit verfügten alle Studios über separate Fundamente und wurden durch spezielle Fugen und Hallräume bestmöglich von-

Oben: Wie spät ist es?

Links: Eine Zeitreise in die DDR

Rechts: Überall Relikte aus vergangenen Tagen

einander getrennt. Ziel war es, Aufnahmen ohne äußere Einflüsse zu produzieren. Um bestimmte Frequenzen herauszufiltern, verbaute man spezielle Decken, Fußbodenbeläge und Wandverkleidungen. Insgesamt wurde der Gebäudekomplex in vier getrennte Teile aufgeteilt. In dem Hauptgebäude mit dem hohen Turmhaus waren Büros für Redakteure und Verwaltung sowie Radiostudios untergebracht. Das separate Studiogebäude beherbergte zahlreiche Hörspiel- und Aufnahmestudios sowie den Großen Sendesaal mit Orgel. Darüber hinaus gab es ein großes Mehrzweckgebäude mit Kantine und Veranstaltungssaal sowie eine große Halle.

Lange Flure führen zu Studios und Büros.

Radiosender für die DDR Die überregionalen Radiosender der DDR wie Berliner Rundfunk, Deutschlandsender sowie Radio DDR I und II sendeten fortan vom Funkhaus in der Nalepastraße aus. Darüber hinaus wurden in den zahlreichen Studios sowie dem großen Aufnahmesaal Hörspiele aufgenommen und Schallplatten eingespielt. In den 1970er-Jahren waren hier über 5000 Personen beschäftigt, und das gesamte Areal kam einer Kleinstadt gleich. Das Gelände verfügte über Ärztehaus, Konsum, Sparkasse, Buchhandlung, Post, Eisladen, Friseur und Betriebs-Sauna. Nach dem Fall der Mauer wurde gemäß Einigungsvertrag das Gebiet der ehemaligen DDR noch bis 31.12.1991, 24 Uhr, mit Hörfunk und Fernsehen aus dem Funkhaus Nalepastraße versorgt. Danach begannen die neuen Landesrundfunkanstalten MDR, NDR, ORB und SFB zu senden.

Der Kultursaal wird häufig für Events genutzt.

Links: Der charakteristische Turm im Block A

Rechts: Geschwungene Treppenhäuser überall

Abwicklung nach dem Mauerfall Nach dem 31.12.1991 zogen die Redaktionen und Techniker endgültig aus dem Gebäudekomplex aus, die DDR-Radiosender wurden abgewickelt. Für ein paar Jahre sendeten dann noch unterschiedliche Radiosender von diesem Ort aus, zum Beispiel der Ostdeutsche Rundfunk Brandenburg (ORB), Radio Fritz und der Berliner Rundfunk 91.4. Das Funkhaus stand danach viele Jahre leer. Seit einigen Jahren haben Musiker und Orchester diesen besonderen Ort wieder für sich entdeckt und nutzen die nach wie vor hervorragenden Studios für ihre Aufnahmen. Daneben sind auch einige Medienunternehmen und Künstler dauerhaft ins Gebäude gezogen. Der Große Sendesaal ist international berühmt. Der Dirigent Daniel Barenboim nahm dort zusammen mit der Staatskapelle Berlin zahlreiche Konzerte auf und zählt es zu den besten Aufnahmestudios der Welt. Seit Anfang der 2000er-Jahre steht das gesamte Ensemble unter Denkmalschutz. Die neuen Eigentümer wollen aus dem ehemaligen Funkhaus eines der größten Musikstudios der Welt machen.

Das besondere Erlebnis

Am ersten und letzten Samstag im Monat werden Führungen durch das Funkhaus angeboten. Preis: 19 Euro, Reservierung unter www.ddr-funkhaustour.de. Die Führung dauert etwa 90 Minuten und informiert über Architektur, Geschichte und Zukunft des Rundfunkhauses. Empfehlenswert ist auch ein Besuch der Milchbar, einem Café mit original DDR-Charme, auf dem Gelände.

14 Folter im Sperrgebiet

Gefängnis der sowjetischen Spionageabwehr

Unmenschliche Haftbedingungen und Verhörmethoden haben dem ehemaligen Pfarrhaus des Evangelisch-Kirchlichen Hilfsvereins zu trauriger Berühmtheit verholfen.

Potsdam, Brandenburg **Ort** Leistikowstraße 1, 14469 Potsdam **GPS** 52.416744, 13.064037
Anfahrt Ab Potsdam Hauptbahnhof mit der Tram 92 (Richtung Kirschallee) oder Tram 96 (Richtung Viereckremise) bis zum Halt an der Puschkinallee, dann zu Fuß bis zum Ziel.

Unscheinbar unnahbar Die Gedenk- und Begegnungsstätte Leistikowstraße Potsdam ist kein Lost Place im üblichen Sinn. Hier muss niemand über eine Mauer spähen, eine Lücke im Zaum suchen oder geheime Pfade einschlagen. Hier betritt man den Ort des Geschehens über das Besucherzentrum. Dafür ist es aber auch ein verlorengegangener Ort, den man sich keineswegs zurückwünscht. Karzer, zugemauerte Fenster und Durchgänge, Haftzellen mit Holzpritschen, Vergitterungen und Reste der Sperranlagen zeugen noch immer von dem Unrecht, das den Insassen hier angetan wurde. An den Wänden der Kellerzellen sind zahlreiche Einritzungen in deut-

Links: Doppelt gesichertes Fenster

Rechts: Wenn diese Mauern sprechen könnten ...

scher und russischer Sprache erhalten geblieben, die von den an diesem Ort ausgeführten Greueltaten zeugen.

Ursprünglich ein Ort der Nächstenliebe Zwischen 1916 und 1918 entstand in der heutigen Leistikowstraße 1 eine prächtige Villa. Bauherr war der Evangelisch-Kirchliche Hilfsverein (EKH). Neben einer Pfarrerswohnung befand sich in dem Gebäude der Sitz der vom EKH gegründeten »Evangelischen Frauenhilfe«. Der Verein schulte Frauen in der Säuglings-, Kranken- und Altenpflege, sodass sich diese karitativ engagieren konnten. Nach der Machtergreifung der Nationalsozialisten im Jahr 1933 trat der Verein als »Reichsfrauenhilfe« in Erscheinung.

Sowjetische Geheimdienststadt Mit dem Einmarsch der Roten Armee im April 1945 wurde Potsdam teilweise von der sowjetischen Militärspionageabwehr beschlagnahmt. Dieser Geheimdienst war damit betraut, die Sowjet-Armee vor internen und externen Feinden durch Überwachung und Abwehr zu schützen. Nach der Potsdamer Konferenz im August 1945 wurde das eingenommene Gebiet ausgeweitet. Etwa

Schummriges Licht, mulmige Stimmung

Eine Tür, durch die man nicht gerne tritt

100 Häuser der Nauener Vorstadt wurden abgeriegelt und in »Militärstädtchen Nr. 7« umbenannt. Die Bewohner hatten nur wenige Stunden Zeit, um ihr Hab und Gut zusammenzutragen und die Gebäude zu räumen. Dieses Schicksal traf auch die Villa des EKH, die sich nun im Zentrum des neuen Sperrgebiets befand.

Von der Außenwelt abgeschirmt Das Areal des »Militärstädtchens Nr. 7« verfügte über eine eigene Infrastruktur mit Post und Telefon, Einkaufsmöglichkeiten und Werkstätten. Die Häuser dienten nicht nur als Wohn- und Diensträume, sondern auch als Bibliotheken, Krankenzimmer, Konsumgeschäfte, Saunen, Klubs und Hotels. So konnte eine autarke Versorgung gewährleistet werden. Das Gebiet war schließlich für die Öffentlichkeit unzugänglich. Dort, wo zunächst nur Schlagbäume und Zäune aus Holz standen, wurde später eine Betonmauer errichtet.

Gewalt und Unterdrückung Die ehemalige EKH-Villa wurde zum zentralen Durchgangs- und Untersuchungsgefängnis umgebaut. Bereits im Spätsommer 1945 kam es hier zu ersten Inhaftierungen. Wurden zunächst vor allem Personen im Rahmen der Entnazifizierung festgehalten, schoss man sich später auf angebliche Spionagefälle ein, deren Inhaftierung vorrangig der Stärkung der eigenen Macht diente. Bereits ab 1947 kamen vermehrt Mitarbeiter, Spione, Informanten und Kuriere westlicher Geheimdienste in Gewahrsam. Der herannahende Kalte Krieg hatte seine ersten Opfer gefunden, teilweise auch völlig Unschuldige. Bis 1955

Kein Ort zum Verweilen

wurden in der Leistikowstraße 1 vor allem Sowjet-Bürger, Deutsche und einzelne Personen anderer Nationalitäten gefangen gehalten. Hunger, Kälte und mangelnde Hygiene potenzierten sich an diesem Ort durch die Anwendung psychischer und physischer Gewalt. Isolation, Schlafentzug und stundenlange Verhöre waren keine Seltenheit und führten oftmals zu zweifelhaften Geständnissen. Auf deren Basis wurden schließlich unverhältnismäßig hohe Haftstrafen oder gar Todesurteile ausgesprochen. Nach 1955 hielt die sowjetische Spionageabwehr hier ausschließlich Militärangehörige oder Zivilangestellte der sowjetischen Truppen und deren straffällig gewordene Angehörige fest. Wegen angeblicher militärischer Vergehen oder krimineller Delikte wurden sie zu Haftstrafen in sowjetischen Lagern und Gefängnissen verurteilt. Das Gefängnis in der Leistikowstraße war noch bis zum Zerfall des sowjetischen Geheimdienstes KGB im Jahr 1991 in Betrieb. Wie viele Menschen hier gefangen gehalten wurden, ist bis heute nicht bekannt.

Die Zahl der hier Inhaftierten ist bis heute ungewiss.

Karge Kellerzellen lassen Schlimmstes vermuten.

Das besondere Erlebnis

Das Gefängnis Leistikowstraße kann Di–So von 13–17 Uhr besucht werden (Eintritt frei). Darüber hinaus informiert ein 2,5 Kilometer langer Geschichtspfad an 14 Punkten über die Geschichte der Geheimdienststadt »Militärstädtchen Nr. 7« und bietet zahlreiche Hintergrundinformationen zu diesem historisch besonderen Areal. Von der Gedenkstätte Leistikowstraße werden auch regelmäßig Führungen zum »Militärstädtchen Nr. 7« angeboten. Infos: www.leistikowstrasse-sbg.de

15 Ausgekundschaftet

Irakische Botschaft

Die deutsch-deutsche Teilung bedeutete auch, dass es Botschaften jedes Landes quasi doppelt in Ost-Berlin und Bonn gab. Viele der ehemaligen Vertretungen in Ost-Berlin sind entweder abgerissen oder werden anderweitig genutzt, einige verfallen seit Jahren.

Bezirk Pankow, Berlin **Ort** Tschaikowskistraße 51, 13156 Berlin **GPS** 52.5756494, 13.394191
Anfahrt Mit dem Auto über Grabbeallee und Tschaikowskistraße; mit der Tram M1 bis Tschaikowskistraße.

Diplomatenquartier der DDR Einen Lost Place wie diesen findet man wohl nur in Berlin. Die ehemalige Botschaft des Irak steht seit Jahren verlassen mitten in Pankow. Genauer gesagt in der Tschaikowskistraße im ehemaligen Diplomatenquartier der DDR. In der Tschaikowskistraße 13 befand sich einst die Botschaft der UdSSR, in Nummer 45 die französische Botschaft, in Nummer 47 die Botschaft von Schweden, in der 49 Italien und eben in Nummer 51 die heutige verlassene Botschaft des Irak. Von 1974 bis 1991 war dies die offizielle Botschaft des Irak in der DDR. Botschafter und Diplomaten gingen hier tagein tagaus ihrer Arbeit nach. Bis die Bundesregierung aufgrund des Golf-Krieges 1991 alle Mitarbeiter dazu aufforderte, das Land unverzüglich zu verlassen. Die übrigen Botschafts-Gebäude werden heute anderweitig genutzt. Nicht weit entfernt befindet sich auch der legendäre Majakowskiring, das abgeschlossene Wohngebiet der DDR-Bonzen wie Walter Ulbricht, Wilhelm Pieck oder Günter Schabowski.

Ungeklärte Besitzverhältnisse Seit nunmehr fast 30 Jahren ist das Gebäude verlassen. Ein großes Schild besagt, dass dieses Grundstück nach wie vor im Besitz des Irak ist. Es gibt jedoch wohl auch Unklarheiten über die eigentlichen Besitzrechte. Der Boden gehört der Bundesrepublik Deutschland, dem Irak wurde damals ein unbefristetes Nutzungsrecht an dem Grundstück notariell zugesichert. Ob im Irak noch jemand von diesem

Alles verrammelt und verriegelt

Grundstück weiß? Das Betreten ist verboten, das Gelände ist durch einen großen Zaun gesichert. Was auffällt, ist die besondere DDR-Architektur des Botschaftsgebäudes und der drei umliegenden Gebäude. Dreigeschossige Würfel im Plattenbaustil, in der Mitte ein Parkplatz. Obwohl das Gebäude nun seit drei Jahrzehnten leer steht, sieht es von vorne eigentlich noch sehr gut aus. Nur Garten und Terrasse sind zugewachsen und verwahrlost. Vor einigen Jahren gab es ein Feuer, das den hinteren Teil des Gebäudes beschädigt hat. Alle Fenster und Türen sind mit Brettern vernagelt, um ungebetene Gäste und Eindringlinge abzuhalten. Es wirkt wahrlich verrammelt und verriegelt. Hier war lange niemand. Dabei waren die Beziehungen zwischen der DDR und dem Irak einst sehr gut. Als erster Staat außerhalb des Ostblocks erkannte der Irak 1969 die DDR als eigenständigen Staat an. Natürlich ging es damals vorrangig um wirtschaftliche Interessen. Erdöl und Waffen hielten die Beziehung beider Länder aufrecht.

Besondere DDR-Architektur im Plattenbaustil

Vereitelte Sprengstoffanschläge Im Jahr 1980 wurden zwei irakische Botschaftsmitarbeiter in West-Berlin verhaftet, weil sie angeblich einen Sprengstoffanschlag auf kurdische Oppositionelle geplant hatten. Aufgrund der guten Beziehungen zum Irak wurden sie jedoch wieder auf freien Fuß gesetzt. 1990 fand man dank Recherchen der Zeitung *Junge Welt* ein Waffen- und Sprengstoffarsenal in der Botschaft. Im Zeitungsartikel war sogar von Terrorkommandos die Rede, die sich aus der Botschaft heraus formieren würden. Das Gebäude wurde daraufhin unter Sonderüberwachung gestellt. Berichten zufolge befinden sich in den Räumlichkeiten bis heute noch alte Akten, umgestürzte Möbel und Schreibmaschinen. Sogar Tonbänder und Kassetten mit der Stimme Saddam Husseins sollen dort noch zu finden sein. Es wirke, als hätte man 1991 einfach alles stehen und liegen gelassen. Die Ausreise-Aufforderung muss ziemlich ernst gewesen sein. Die neue irakische Botschaft befindet sich am anderen Ende Berlins, in Schmargendorf. Weiter weg hätte es fast nicht sein können.

Das besondere Erlebnis

Wenn Sie diesen Lost Place besuchen wollen, können Sie daraus gleich einen ganzen Lost-Place-Spaziergang machen, denn in der Gegend befinden sich eine ganze Reihe verlassener Orte. Angefangen bei einer weiteren leer stehenden Botschaft, die der Republik Sambia, an der Straße vor Schönholz/Provinzstraße – eine herrschaftliche Villa mit einem kleinen Park. Ferner befinden sich alte Bunkeranlagen im Volkspark Schönholzer Heide, die zu einem Zwangsarbeiterlager in der Nähe gehörten. Dieses Lager wurde für ausländische Zwangsarbeiter errichtet und galt als zweitgrößtes der Stadt. Von hier können Sie weiter über den berühmten Majakowskiring zur Wolfshagener Straße spazieren. Bei der Nummer 97 befindet sich das verlassene Schwimmbad Pankow.

16 Sport frei

Sporthotel Hohenschönhausen

Auf dem Areal Weißenseer Weg Ecke Konrad-Wolf-Straße liegt seit 1954 das Sportforum Hohenschönhausen. Es ist auch heute noch ein bedeutender Standort für den Berliner Sport. Einzig das Sporthotel Hohenschönhausen steht seit Jahren verlassen da. Was ist passiert?

Bezirk Hohenschönhausen, Berlin **Ort** Weißenseer Weg/Konrad-Wolf-Straße, 13055 Berlin **GPS** 52.5370849, 13.4738794 **Anfahrt** Mit der Tram 5 oder 6 bis Hohenschönhauser Straße oder mit der Tram 12, M4 oder M13 bis Sportforum. Mit dem Auto über die Landsberger Allee, dann in den Weißenseer Weg abbiegen.

Ein riesiger Schandfleck mitten in Hohenschönhausen

Berlins Kaderschmiede Das Sportforum Hohenschönhausen wurde 1954 erbaut und ist ein bedeutender Teil der Berliner Geschichte. Es ist der größte Olympiastützpunkt in ganz Deutschland und Europas größtes Sport- und Trainingszentrum. Das Zentrum verfügt über 35 Sportanlagen und bis heute dreht sich hier alles um den Sport – ob Fußball, Schwimmen, Fechten, Bogenschießen, Boxen, Tennis

Das berühmte, achteckige Restaurant

oder Kampfsport. Berühmt ist bei den Berlinern vor allem der »Wellblechpalast«, in dem die Eishockeymannschaft Eisbären Berlin bis 2008 trainierte und spielte. Zu DDR-Zeiten war das Sportforum die Kaderschmiede für den Spitzen-, Nachwuchs- und Leistungssport. Hier trainierten Top-Sportler und spätere Olympiasieger. Überhaupt spielte der Sport in der DDR eine entscheidende Rolle. Bereits in Kindergärten und Schulen wurde er großgeschrieben. Die Volksgesundheit war nur einer der Gründe, viel wichtiger war es, frühzeitig Talente für den Leistungssport zu entde-

cken und zu fördern. Die DDR wollte so ihr internationales Ansehen steigern. Auch heute noch beheimatet das Gelände 20 Sportvereine, die Sportschule »Werner Seelenbinder«, ein Sportinternat mit 200 Plätzen sowie das Institut für Sportwissenschaften der Humboldt-Universität. Über 3000 Sportler nutzen die Trainingsstätte täglich. Die Anlage dient außerdem regelmäßig als Austragungsort für regionale, nationale und internationale Sportwettkämpfe.

Berühmte Übernachtungsgäste Passend zur Anlage als Sportforum mit internationalem Ruf wurde in den 1970er-Jahren das Sport- und Kongresshotel Hohenschönhausen errichtet. Es galt als Vorzeigebau der DDR und sollte die Wichtigkeit Berlins als Sportstandort untermauern. Hierher kamen Sportler aus aller Welt und übernachteten in diesem für damalige Verhältnisse modernen Bau. Er hat drei Etagen und verfügte über 200 Betten. Prominente Sportler aus der DDR und dem Ausland übernachteten hier. Nicht zuletzt wegen der Nähe zu den Sportstätten und -anlagen. Franziska van Almsick, Stefan Kretzschmar oder Claudia Pechstein waren hier zu Gast. Charakteristisch war das achteckige Restaurant an der Vorderseite. Das Hotel selbst sei eher bescheiden eingerichtet gewesen, bot aber alles, was man brauchte. Bis kurz nach der Wende nutzte der Club SC Dynamo Berlin das Sporthotel sowie die umliegenden Sportanlagen als Trainings- und Freizeitbereich. 2007 wurde das Sporthotel dann endgültig geschlossen. Im Sommer 2013 kam es zu einem Großbrand, der viele Bereiche zerstörte, was man auch heute noch sehen kann. Vandalismus und Verfall nahmen seither ihren Lauf. 2011 erwarb die Immonen Group das verlassene Hotel am Sportforum. In deren Auftrag wurde das ehrgeizige Projekt »The Square3« geplant und entwickelt. Für 500 Mil-

Links: Fenster sind eingeschlagen.

Rechts: Hier hat lange niemand mehr übernachtet.

Auch hier gilt: Betreten verboten!

lionen Euro sollte auf dem Gelände des leer stehenden Hotels ein Wohn- und Geschäftsviertel entstehen. Mittelpunkt sollten drei Punkthochhäuer werden. Im Jahr 2016 trennten sich Eigentümer und Projektentwickler allerdings aus nicht näher bekannten Gründen.

Zukunft ungewiss 2018 stellte die Immonen Group der Senatsverwaltung ganz eigene Pläne für das Areal vor. Eine Mischung aus Büros, Gewerbe, Hotel und 340 Wohnungen ist demnach vorgesehen. Zudem soll es Tiefgaragen, eine Kita und Spielflächen geben. Wann der Schandfleck jedoch endlich verschwindet, ist schwer absehbar. Bebauungsplanverfahren dauern meist ein paar Jahre. Bei unserem Besuch in 2020 war jedenfalls von Baggern oder Bauvorbereitungen noch keine Spur. Das Gebäude steht weiterhin leer, die Fenster, aus denen noch Vorhänge wehen, sind eingeschlagen. Außenherum hat sich ein kleiner Wald gebildet, sodass man den Schandfleck von der Straße kaum noch sieht. Obdachlose haben sich an den überdachten Stellen des Gebäudes eingerichtet, Jugendliche feiern hier zum Teil wilde Partys.

Was mit dem Sporthotel passiert, ist ungewiss.

Das besondere Erlebnis

Wer selbst einmal ein bisschen Sportler-Luft schnuppern möchte, kann in der Wintersaison in der Eislaufhalle selbst ein paar Bahnen ziehen. Es gibt auch einen Schlittschuhverleih und zwei Restaurants. Jeden letzten Freitag im Monat findet eine Eisdisko statt. Weitere Informationen unter www.form-dienstleistungen.de

17 Und es dreht sich doch

Spreepark Berlin

Der einzige Freizeitpark der ehemaligen DDR hat eine beeindruckende Historie – und wartet noch immer auf ein versöhnliches Happy End.

Plänterwald, Bezirk Treptow-Köpenick, Berlin **Ort** Kiehnwerderallee 1–3, 12437 Berlin **GPS** 52.483701, 13.491633 **Anfahrt** Mit der S-Bahn bis zum Bahnhof Berlin-Plänterwald und dann ein kleiner Spaziergang immer an der Straße Am Plänterwald entlang. Oder mit der S-Bahn bis zum Treptower Park und von dort den Bus 265 bis zum Halt Neue Krugallee/Dammweg nehmen.

Links: Aushängeschild des ehemaligen Freizeitparks, das derzeit saniert wird.

Rechts: Die Zeit der Loopings ist vorbei.

Alte Kindheitserinnerungen Jeder, der das Gelände des Spreeparks betritt, wird früher oder später einen Moment der Melancholie erleben. Das haben alte Karussells und Fahrgeschäfte einfach so an sich. Sie rufen Kindheitserinnerungen hervor. Bei dem einen liegen sie noch nicht so lange, bei dem anderen bereits Jahrzehnte zurück. Und doch wird sich hier bestimmt auch mal ein verschmitztes Lächeln einstellen, wenn man an diese Zeiten denkt. Im Fall des Spreeparks gesellt sich zu dem

Ganzen unweigerlich ein gewisser morbider Charme hinzu. Eingewachsene Wartehäuschen, auf dem Boden liegende Dinosaurier, eine verwunschene Wildwasserbahnstrecke und ein sich vom Wind drehendes Riesenrad sind nur einige Beispiele für die Dinge, die einem hier begegnen. Der auf eine bessere Zukunft wartende Freizeitpark ist inzwischen zur Attraktion geworden. Sei es bei Berlinern oder Touristen aus aller Welt. Doch wie kommt es, dass man an diesem Ort keine fröhlichen Kinderstimmen, lustigen Fahrgeschäftsansagen und aufgeregten Teenagergruppen mehr hört?

Was mag das wohl gewesen sein?

Geburtstagsgeschenk der DDR Der VEB Kulturpark Berlin wurde 1969 anlässlich des 20. Geburtstags der DDR im Norden des Plänterwalds, unweit der Spree eröffnet. Er war der erste und einzige Vergnügungspark der DDR. Das damalige Angebot umfasste nicht nur Karussellfahrten, sondern auch große Konzerte sowie Kinder- und Tanzveranstaltungen. Die Hauptattraktion war – und ist – das weithin sichtbare, 45 Meter hohe Riesenrad, das noch 1989, zum 40. Geburtstag der DDR, renoviert wurde. Jedes Jahr besuchten den Park etwa 1,7 Millionen Menschen.

Immer im Blick – das Riesenrad

»Jurassic Park«

Mit der Wende kam das Ende Nach der Wiedervereinigung wurde der Volkseigene Betrieb abgewickelt. Er fiel in die Zuständigkeit des Berliner Kultursenats, wo man sich einen modernen Freizeitpark nach westlichem Vorbild wünschte. Daraufhin wurde ein neuer Betreiber gesucht – und schließlich auch gefunden. Die Wahl fiel auf die Spreepark GmbH von Pia Witte, die bereits zwei Fahrgeschäfte im Berliner Kulturpark gemietet hatte. Norbert Witte, der Mann von Pia Witte, war im Schaustellermilieu weithin bekannt. Das hatte jedoch keinen positiven Hintergrund. 1981 war es auf dem Dom, dem Hamburger Volksfest, zu einem folgenschweren Unfall gekommen: Als Norbert Witte versuchte, ein defektes Getriebe an seiner Loopingbahn »Katapult« auszubauen, geriet der von ihm genutzte Kran in die Flugbahn des Karussells »Skylab«. Es starben 7 Menschen und weitere 15 wurden schwer verletzt. In Berlin wussten die Entscheider offensichtlich nichts von diesem Unglück. Die Familie Witte gestaltete den Park umfassend um. Viele neue Fahrgeschäfte wurden angeschafft. Sie stammten teilweise aus dem Mirapolis, einem Themenpark bei Paris, der nur wenige Jahre existiert hatte. Von den DDR-Attraktionen wiederum blieb nicht allzu viel erhalten. Riesenrad und Toiletten sind einige der wenigen Relikte. Musste zu DDR-Zeiten noch an jedem Fahrgeschäft ein Entgelt entrichtet werden, galt nun ein pauschaler Eintrittspreis, der es den Besuchern erlaubte, alle Attraktionen zu nutzen. Diese Veränderung wird heute von einigen als Grund für die stetig sinkenden Besucherzahlen genannt. Hinzu kamen fehlende Parkplätze durch die Umwidmung in ein Landschaftsschutzgebiet. Seit 1999 war die Spreepark GmbH hoch verschuldet und musste 2001 schließlich Insolvenz anmelden.

Kino im Zelt oder Zelt mit Kino?

Verlassen, aber nicht vergessen Norbert Witte setzte sich daraufhin 2002 mit seiner Familie und seinen engsten Mitarbeitern nach Peru ab, wo er noch einmal sein Glück mit einem Freizeitpark versuchen wollte. Die dafür verschifften Attraktionen aus dem Spreepark Berlin, genauer gesagt das Fahrgeschäft »Fliegender Teppich«, nutzte er dabei zum Drogenschmuggel – und flog auf. Seit 2002 ist der Spreepark für Besucher geschlossen. Es gab zahlreiche Investoren, die ihr Interesse am Grundstück oder dem Weiterbetrieb des Freizeitparks bekundeten. Mit keinem von ihnen kam es jedoch zu einer Einigung.

Neuanfang 2014 kaufte das Land Berlin den Spreepark zurück und übergab ihn 2016 an die landeseigene Grün Berlin GmbH, die in der Stadt bereits diverse Parkflächen betreut. Nun soll ein neuer öffentlicher Park entstehen, der Kunst, Kultur und

Die Fahrkarten, bitte!

Natur miteinander vereint. Teil des Konzepts ist es, einige der Fahrgeschäfte zu erhalten. Die Neueröffnung ist sukzessive ab 2022 geplant. Ab 2024 soll sich dann auch wieder das Riesenrad drehen, das aktuell saniert wird. Für Besucher gilt nach wie vor »Betreten verboten!«. Die Grün Berlin GmbH bietet nach Voranmeldung Führungen an Wochenenden und Feiertagen an. Weitere Informationen dazu unter www.spreepark.berlin.

Das besondere Erlebnis

Das Gelände wird gern für Film-, Serien- und Videoproduktionen genutzt. Bereits zu DDR-Zeiten wurden hier Szenen der Kinderserie *Spuk unterm Riesenrad* gedreht. In den letzten Jahren waren es vor allem deutsche Krimiserien wie *Tatort*, *Flemming* oder *Der Kriminalist*, die hier einzelne Sequenzen abdrehten. Aber auch große Produktionen wie *Wer ist Hanna?* und *Wir sind die Nacht* konnten dem Charme des Geländes nicht widerstehen. Besonders interessant ist in diesem Zusammenhang aber sicherlich die Dokumentation *Achterbahn*, die das Leben der Schaustellerfamilie Witte erzählt, die auf ihre ganz besondere Art bis zuletzt an den Spreepark glaubte.

Augen zu und durch

18 Industriekultur

Transformatorenwerk und Kabelwerke

Die Industriegelände in Schöneweide gelten als größtes zusammenhängendes Industriedenkmal in Europa. Heute teils verlassen, teils umgenutzt, kann man beim Transformatorenwerk und den Kabelwerken Oberspree Industrieluft von damals schnuppern.

Bezirk Treptow-Köpenick, Berlin **Ort** Wilhelminenhofstraße 83–85, 12459 Berlin **GPS** 52.4610757, 13.5189863 **Anfahrt** Mit dem Auto über die Schnellerstraße, über die Brücke an der Karlshorster Straße, dann rechts in die Wilhelminenhofstraße. Mit der S8, S9, S45, S46, S47, S85 bis Schöneweide, dann weiter über die Edisonstraße oder mit der Tram 27, 60, 67 bis Firlstraße oder M17, 21, 27, 37 bis Wilhelminenhofstraße/Edisonstraße.

Bedeutender Industriestandort An der Wilhelminenhofstraße in Schöneweide sind die riesigen Gebäude des Transformatorenwerks und der Kabelwerke Oberspree nicht mehr aus dem Stadtbild wegzudenken. Einige Gebäude wurden zu Ateliers, Wohn- und Geschäftshäusern umgebaut, der alte Stil blieb erhalten. Ein paar Gebäude sind verlassen: Ein bunter Mix aus alt und neu, wie man ihn in Berlin so oft sieht. Das Gelände liegt traumhaft direkt an der Spree. Beeindruckend ist die Kranbahn, eine Art Verladekran, die zum Platz am Kaisersteg führt. Die Erfolgsgeschichte

Die berühmte Kranbahn

des Industriestandorts Schöneweide beginnt bereits Ende des 19. Jahrhunderts. Emil Rathenau, dessen Familie bis heute tief mit der Geschichte des Ortsteils verbunden ist, suchte für die Allgemeine Elektricitäts-Gesellschaft (AEG) einen geeigneten Standort für neue Produktionsstätten. Damals war das Areal an der Spree noch komplett unbebaut und lag »jwd« (»janz weit draußen«).

Industriearchitektur an jeder Ecke

AEG-Stadt Binnen weniger Jahre avancierte Schöneweide zu einem der bedeutendsten Standorte für die Elektroindustrie. Zu Beginn des 20. Jahrhunderts war sie der Industriezweig schlechthin, der bis heute sowohl die Wirtschaft als auch das Leben der Menschen nachhaltig prägt. Dank der hohen Dichte an Fabriken und Werken in und um Schöneweide konnte der Standort im Kaiserreich zur »Elektropolis« aufsteigen und verhalf auch Berlin zu Ansehen und Ruhm. Die AEG prägt das Stadtbild von Schöneweide bis heute, daher wird es bei den Berlinern auch als »AEG-Stadt« bezeichnet. Entlang der Wilhelminenhofstraße wurde ein ausgedehntes Band von Fabriken und Industrieanlagen von der AEG errichtet. Diese sind bis heute sichtbar. Mittendrin das Transformatorenwerk und die Kabelwerke Oberspree. Das Transformatorenwerk der AEG begann Anfang der 1920er-Jahre mit der Produktion von Großtransformatoren und erreichte innerhalb kurzer Zeit Weltmarktführer-Status. Während des

Links: Feuerleitern wie in New York

Rechts: Transformatorenwerk Oberschöneweide

Kabeltrommeln zeugen von der einstigen Nutzung.

Zweiten Weltkriegs wurde der Betrieb auf die kriegswichtige Produktion von Flugzeugscheinwerfern und Munitionshülsen umgestellt. Etwa 40 Prozent der Belegschaft waren Zwangsarbeiter. Das Dokumentationszentrum NS-Zwangsarbeit, das unweit in der Britzer Straße liegt, erinnert in einer Ausstellung an die Menschen, die im Zweiten Weltkrieg zur Arbeit in den Berliner Fabriken und Produktionsstätten gezwungen wurden.

Umwandlung in einen Volkseigenen Betrieb Nach dem Krieg wurde der Betrieb zum VEB Transformatorenwerk »Karl Liebknecht« umgewandelt und fortgeführt. Er war Haus- und Hoflieferant der Energiewirtschaft der DDR. Ende der 1980er-Jahre waren hier 4000 Mitarbeiter tätig. Nach der Wende kaufte die AEG das Gelände zurück und übernahm die Produktion von Transformatoren, Schaltgeräten und Stufenschaltern. Mitte der 1990er-Jahre erfolgte noch einmal eine grundlegende Sanierung des gesamten Geländes, bevor es 1996 endgültig geschlossen wurde. Das Gelände befindet sich heute in privater Hand und beherbergt eine bunte Mischung aus Gewerbe, Ateliers und Handwerk. Die Rathenau-Hallen können für Veranstaltungen gemietet werden. Ein Stück weiter befinden sich die ehemaligen Kabelwerke Oberspree, die 1896 ebenfalls von der AEG an dem Standort ergänzt wurden. Drahtzieherei, Gummiwerk, Kupferwalzwerk und Messingwalzwerk gehörten ebenfalls dazu. Riesige Kabeltrommeln auf dem Gelände zeugen von der Nutzung. Typisch für die Architektur von damals waren verklinkerte Backsteingebäude. Das ist teilweise bis heute erhalten.

Linke Seite: Kabelwerke Oberspree

Ausblick von der anderen Spreeseite

Berliner Kabel in London Wie der Name vermuten lässt, wurden hier unter anderem Starkstromkabel und Leitungen produziert. Durch fortwährende Entwicklungen des Telefons fanden später auch Fernsprechkabel den Weg in die Produktion. Anfang des 20. Jahrhunderts wurde hier das erste biegsame Starkstromkabel gefertigt. 1904 versorgte man sogar die Londoner U-Bahn mit Kabeln aus Oberschöneweide. Es folgten Aufträge der Deutschen Überseeischen Elektrizitätsgesellschaft in Argentinien. Die gute Auftragslage führte zu einer Erweiterung des Geländes um über 60.000 Quadratmeter. Neue Produktionshallen wurden gebaut und die Zahl der Arbeiter stieg auf 8000. Im Zweiten Weltkrieg wurden große Teile der Produktionsstätte zerstört. Als nach dem Zweiten Weltkrieg die Rote Armee das Werk übernahm, wurden hier zwischenzeitlich Konsumgüter wie Kerzen, Feuerzeuge, Töpfe und Bratpfannen produziert, um die vom Krieg gebeutelten Bürger Berlins mit dem Nötigsten auszustatten.

Kabel für den Export Ab Anfang der 1950er-Jahre wurden dann als Volkseigener Betrieb (VEB) wieder Spezialkabel angefertigt, die hohen Absatz fanden und für gute Handelsbeziehungen sorgten. So unterhielt das Kabelwerk 1965 Exportbeziehungen mit 40 Ländern. Das Geschäft florierte bis zur Wende, danach wurde die Kabelproduktion am Standort Schöneweide nach und nach reduziert. Der Betrieb wurde als KWO Kabelwerke Oberspree GmbH fortgeführt und stellte weiterhin Kabel und Zubehör her. In den 1990er-Jahren übernahm ein Britisches Unternehmen das Werk, verkaufte es jedoch kurze Zeit später. Einige Produktionsanlagen wurden ebenfalls verkauft. Die verbliebenen Verwaltungs- und Produktionsgebäude stehen heute unter Denkmalschutz. Einige Gebäude sanierte und restaurierte man Ende der

1990er-Jahre teilweise aufwendig, und seither werden sie von der Hochschule für Technik und Wirtschaft (HTW) genutzt. Dennoch stehen bis heute einige Gebäude auf dem Gelände der ehemaligen Kabelwerke Oberspree leer. Teile des Geländes sind zugewuchert, etliche Bäume sind gewachsen.

Das besondere Erlebnis

Der Verein Industriesalon Schöneweide hat es sich seit einigen Jahren zur Aufgabe gemacht, die einzigartige Industriekultur von Schöneweide bekannt zu machen. In der großen Halle des Transformatorenwerks Oberschöneweide befindet sich heute eine Ausstellung. Hier erhalten Interessierte Einblick in die Geschichte und Entstehung des Industriegebiets. Es werden regelmäßig Vorträge und Veranstaltungen geboten. Daneben gibt es auch Führungen zur Architektur oder Industriekultur in Schöneweide sowie spezielle Foto- und Fahrradtouren (www.industriesalon.org). Wer nach der Besichtigung eine Pause braucht, dem sei ein Besuch des hübschen Kranhauscafés in der Paul-Tropp-Straße direkt an der Spree empfohlen. In passender historischer Kulisse gibt es leckere Kuchen und Kaffee (Di–Fr 11–19 Uhr, Sa–So 10–20 Uhr, www.kranhaus.berlin).

Betreten verboten!

Sogar die Londoner U-Bahn nutzte Kabel von hier.

19 Idylle am Röblinsee

VEB Kraftfuttermischwerk

Der VEB in Fürstenberg wurde wie so viele Betriebe nach der Wende geschlossen. Seit 1992 wird hier kein Kraftfutter mehr abgemischt. Warum findet sich kein Nachnutzer für dieses idyllische Fleckchen Erde direkt am See?

Fürstenberg/Havel, Oberhavel, Brandenburg **Ort** Schützenstraße 4, 16798 Fürstenberg/Havel **GPS** 53.1860124, 13.1342124 **Anfahrt** Mit dem RE Richtung Rostock bis Fürstenberg. Vom Bahnhof nach rechts in die Schützenstraße, dann die erste Straße rechts unter der Brücke hindurch. Mit dem Auto über die B96 bis Fürstenberg, dann links in die Bahnhofstraße und wieder links in die Schützenstraße.

Gigantisches Gebäudeensemble »Wow« ist wohl das erste Wort, das einem über die Lippen kommt, wenn man durch den kleinen Tunnel an der Schützenstraße in Fürstenberg geht und die bis zu 36 Meter hohen Gebäude des ehemaligen VEB Kraftfuttermischwerk erblickt. Früher stellte man hier Futter für Tiere her und das in idyllischer Lage an den Ufern des Röblinsees. Vom einst gut laufenden Produktionsbetrieb ist heute nur noch eine riesige Betonruine übrig. Eingeschlagene Fenster, zerstörte Stockwerke und Bäume, die auf den Dächern wachsen. Das Betriebsgelände ist rie-

Links: Treppe ins Nirgendwo

Rechts: Graffiti und Kunst an den Wänden

sig und umfasst um die 10.000 Quadratmeter. Bevor das Gelände 1992 geschlossen wurde, gab es noch Anstrengungen, den Betrieb durch größere Investitionen auf den neusten Stand der Technik zu bringen. Doch vergebens. 120 Arbeiter verloren ihren Job.

Zeugnisse vergangener Tage

Ein Teil von Fürstenberg Der Betrieb prägte schon seit vielen Jahrzehnten das Stadtbild von Fürstenberg. Im Jahr 1957 wurde das Futtermischwerk in Betrieb genommen, aber bereits im 18. Jahrhundert stand an gleicher Stelle eine Mühle, weswegen er auch bei vielen Fürstenbergern »Behrnsche Mühle« genannt wird. Überhaupt hat das Mühlenhandwerk in Fürstenberg eine sehr lange Tradition. Nach diversen Besitzerwechseln übernahm Ludwig Behrns 1876 den Mühlenbetrieb an der heutigen Stelle des ehemaligen VEB. Er kam zur rechten Zeit, denn Fürstenberg wurde an die Eisenbahn angeschlossen. Dadurch konnte er mehr Getreide anliefern lassen und seine gemahlenen Produkte auch in weiter entfernte Orte verkaufen. Behrns verstarb 1904 und sein Sohn Willy übernahm das Geschäft. Er wollte die Mühle renovieren, doch ein Brand im Oktober 1911 zerstörte alle Gebäude. Ein Jahr später wurde dann in nur sechs Monaten eine neue Mühle gebaut. Das sind die Gebäude, die heute zwar verfallen, aber noch zu

Alles ist zugewuchert.

Links: Der einmalige Blick von der Schützenstraße

Rechts: Mehrere Übergänge verbanden die Gebäude.

Industriegebäude direkt am Röblinsee

sehen sind. Die Produktion lief sehr gut an. Mehrere hundert Säcke Mehl liefen täglich vom Band.

Neuester Stand der Technik Um die Produktion weiter zu steigern, wurden zahlreiche Investitionen unternommen. Es wurde eine neue Mehl- und Kleie-Kornkammer errichtet, die von der Schiene und vom Wasser aus beladen werden konnte. Nach dem Zweiten Weltkrieg wurde die Mühle eine zeitlang von der Roten Armee als Lager genutzt. Später nahm man dann die Produktion als Volkseigener Betrieb wieder auf und mahlte wieder Getreide. So versorgte das VEB Kraftfuttermischwerk regionale LPG (Landwirtschaftliche Produktionsgenossenschaften) und VEG (Volkseigenes Gut). 1992 wurde der Betrieb geschlossen, die riesigen Gebäude wurden entkernt. Alles, was noch irgendwie verwertbar war, montierte man ab. Seit der Schließung gab es wohl viele mögliche Investoren, doch nichts geschah. Im Jahr 2015 wurde das Grundstück dann verkauft.

Cocktails statt Kraftfutter Seit ein paar Jahren soll nun das VEB Kraftfuttermischwerk umgebaut werden. Investoren wollen hier ein Ferienparadies errichten. Die Lage ist optimal, das Gelände ist

denkbar gut dafür geeignet. Die neuen Eigentümer wollen Eigentumswohnungen und Einfamilien- oder Ferienhäuser errichten. Dazu soll es einen Binnenhafen am Ufer geben. Diese Pläne trafen auf offene Türen. Die Mitglieder des Bauausschusses wollten den Antragstellern alle erdenkliche Unterstützung zukommen lassen. Allerdings fehlte es noch an der Zustimmung des Landkreises. Neuere Informationen zur Zukunft des Standortes konnten wir nicht finden. Mal sehen, wie es weitergeht.

Links: Die Gebäudemaße sind gigantisch.

Rechts: Riesige Holzgerüste im Inneren der Gebäude

Das Pförtnerhäuschen

Das besondere Erlebnis

Die Stadt Fürstenberg an der Havel ist nicht nur für diesen Lost Place eine Reise wert. Sie liegt malerisch zwischen Röblinsee, Baalensee und Schwedtsee. Dabei ist der Name Wasserstadt Programm und die Ausflugsmöglichkeiten zu Wasser sind sehr vielfältig. Man kann Kanus oder Hausboote ausleihen, im Sommer an den Badestellen direkt ins kühle Nass springen oder im nahe gelegenen Lychen eine Schiffstour unternehmen. Daneben gibt es aber auch ein dunkles Kapitel von Fürstenberg – das Konzentrationslager Ravensbrück befand sich hier und ist heute ein Gedenkort (Eintritt frei). Die verlassenen SS-Führerhäuser finden Sie ebenfalls in diesem Buch (s. Kapitel 10).

20 Niemandsland

VEB Kühlautomat

Das riesige Gelände des ehemaligen VEB Kühlautomat steht seit Jahren leer. Vergessen und zurückgelassen, fristet es sein Dasein zwischen Schöneweide und Adlershof. Die Zeit scheint stillzustehen. Gibt es eine Zukunft für dieses Gelände?

Bezirk Treptow-Köpenick, Berlin **Ort** Groß-Berliner-Damm Ecke Segelfliegerdamm, 12487 Berlin **GPS** 52.4424389, 13.5119175 **Anfahrt** Mit der S8, S9, S45, S46, S47 oder S85 bis Schöneweide, ab da weiter zu Fuß. Mit dem Bus 163 bis Landfliegerdamm, Bus 265 bis Segelfliegerdamm/Waldstraße oder Tram 60 bis Herweghstraße. Mit dem Auto über die Schnellerstraße, hinterm Bahnhof Schöneweide rechts auf den Sterndamm, dann links auf den Groß-Berliner-Damm.

Verwunschene Ruinenlandschaft Vom trubeligen S-Bahnhof Schöneweide kommend, geht es über den Sterndamm und weiter auf dem Königsheideweg. Es wird immer beschaulicher und ruhiger. Die Augen werden größer, als wir das riesige Gelände des ehemaligen VEB Kühlautomat am Segelfliegerdamm erblicken. Riesig ist hier definitiv nicht übertrieben. Es ist doch immer wieder erstaunlich, dass es solche großen Brachflächen in Berlin auch 30 Jahre nach dem Mauerfall noch gibt. Man kann entlang der Mauer und Zäune spazieren, und es gibt einiges durch die Lücken und

DDR-Architektur

Links: Schrott und Müll liegen überall.

Rechts: Mystisch rankt Efeu an vielen Stellen.

Löcher im Zaun zu sehen. Riesige Lagerhallen, Pförtnerhäuser, efeuberankte Fassaden und kaputte Fenster. Einige Dächer sind eingestürzt. Die Gegend wirkt wie eine verwunschene Ruinenlandschaft. Zugegeben: Kühlautomat klingt ein wenig holprig. Tatsächlich wurden hier zunächst Reparatur- und Wartungsarbeiten für Gewerbe- und Industrie-Kühlmöbel ausgeführt. Später wurden dann auch Kühlschränke für die DDR-Bevölkerung und Gewerbebetriebe hergestellt. Wie der Name schon sagt, handelte es sich hierbei um einen volkseigenen Betrieb (VEB), der ab 1950 die Produktion aufnahm. In den besten Zeiten waren hier 2500 Mitarbeiter beschäftigt. Daneben wurden auch Kühlanlagen für Fahrzeuge und Schiffe sowie für den Handel hergestellt.

Obdachlose scheinen hier vorübergehend zu hausen.

Selbstbedienungstheken in der Kaufhalle Die Gewerbekühlschränke konnten auf + 4°C abkühlen. In den großen Versionen befand sich sogar ein Tiefkühlfach für bis zu – 10°C. Daneben gab es diverse Sonderanfertigungen, zum Beispiel für Kuchenbüfetts und Verkaufstische. Durch die populär werdenden Selbstbedienungstheken in den Kaufhallen wurden dann auch dafür spezielle Kühl- und Gefriermöbel produziert, so etwa 2- und 3-etagige Kühlvitrinen, Kühltheken oder Tiefkühltruhen. Die Kühlmöbel waren mit einem Holzgestell verkleidet.

Erst ab 1960 kamen Stahlgerüste zum Einsatz. Zwischenzeitlich wurde der Betrieb dann mit der VVB Schiffsbau zusammengelegt und produzierte fortan vorrangig Schiffskältetechnik. Später wurde er mit dem angrenzenden VEB Motorenwerk Johannisthal zusammengelegt und produzierte nun auch Dieselmotoren für die Deutsche Reichsbahn sowie Schiffe. Die Produktionsstätte wurde im Lauf der Zeit immer wieder erweitert: Neue Hallen, Betriebsstätten und eine Kantine kamen hinzu. An der Warschauer Straße 34–38 bot der Betrieb seine Kühlschränke sogar in einem eigenen Geschäft an. Nach dem Mauerfall wurde aus dem vormaligen VEB zunächst die Kühlautomat Berlin GmbH. Der Betrieb lief weiter und eine erste Bilanz 1992 fiel positiv aus. Trotz der guten Ergebnisse wurde das Unternehmen Mitte der 1990er-Jahre dann aber verkauft. Die Produktionsstätten wurden nach und nach an den Hauptsitz in Reinickendorf verlegt und der Standort Johannisthal kurz darauf komplett geschlossen. Das Gelände ging an die Nachfahren der früheren jüdischen Eigentümer zurück. Seitdem liegt das 21 Hektar große Gelände brach. Die Gebäude sind vom Vandalismus gezeichnet. Mehrere Brände taten ein Übriges.

Eine Zukunft für das Niemandsland Es kam jedoch zu einer Einigung des Landes Berlin mit den Grundstückseigentümern. Die Brache soll zu einem Wohn- und Gewerbeareal mit etwa 1800 Wohnungen umgebaut werden. Die Wohngebäude sollen fünf bis sechs Geschosse sowie einen begrünten Innenhof haben. Zudem sind ein bewachsenes Wegenetz, ein großer Spielplatz, Läden und Gastronomie angedacht. Die unter Denkmalschutz stehenden Gebäude können aufgrund des schlechten Zustandes nur zu einem kleinen Teil erhalten werden. Eine ehemalige Produktionshalle wird beispielsweise zu einer Kindertagesstätte umgebaut. Im Laufe der Zeit hat sich auf dem Gelände eine große Zahl an vielfältigen Brutvögeln, Insekten und auch Zauneidechsen angesiedelt. Es werden Ersatzquartiere für die Tiere geschaf-

Links: Die Natur hat ganze Gebäude in Beschlag genommen.

Rechts: Fast schon schade, dass diese Gebäude leer stehen.

fen. Für die Brutpaare des Fitis etwa wird die Wuhlheide das neue Zuhause.

Das Pförtnerhäuschen im Glaspavillon

Das besondere Erlebnis

Auf dem angrenzenden Flugplatz Johannisthal wurde Geschichte geschrieben. Hier landeten Zeppeline und Deutschlands erste Pilotin, Melli Beese, ist von hier gestartet. Die Zeppelin-Katastrophe von 1913 ereignete sich ebenfalls hier. Ein Zeppelin fing Feuer und stürzte ab, 28 Menschen kamen ums Leben. Ein Stück weiter an der Straße Zum Großen Windkanal befindet sich der Aerodynamische Park, der zur Humboldt-Universität gehört. Drei eigentümliche Gebäude sind hier zu sehen: Motorenprüfstand, Trudelturm und Großer Windkanal. Diese denkmalgeschützten Gebäude wurden in den 1920er- und 1930er-Jahren als Teil der Deutschen Versuchsanstalt für Luftfahrt (DVL) errichtet. Im SBZ Motorenprüfstand, heute ein Café, wurden Flugmotoren mit Luftschrauben auf Wirksamkeit, Belastbarkeit und Lebensdauer geprüft. Der Trudelturm stellte bei seiner Errichtung eine technische Innovation dar. Erstmals konnte das Trudeln von Flugzeugen im Labor simuliert werden und es wurde ermittelt, wie führerlos trudelnde Flugzeuge abzufangen und wieder zu beherrschen sind. Der Große Windkanal diente aerodynamischen Untersuchungen in Luftströmen. In der Röhre wurde der Luftstrom auf bestimmte Flugzeugteile geleitet, um das Widerstandsverhalten zu messen (www.projekte.hu-berlin.de/de/pruefstand).

Das Gelände ist riesig.

21 Blutige Bandenkriege

Vietnamesen-Wohnheim

Über 60.000 Vertragsarbeiter kamen in den 1980er-Jahren aus Nordvietnam nach Berlin. Für deren Unterbringung entstanden neun Plattenbauten mit etwa 1000 Wohnungen. Heute stehen sie leer, die Fenster sind eingeschlagen. Wie kann das trotz Wohnungsknappheit in Berlin sein?

Bezirk Lichtenberg, Berlin **Ort** Wartenberger Str. 8, 13053 Berlin **GPS** 52.5488, 13.5074967 **Anfahrt** Mit der Tram 27, M5, M6 und M13 sowie den Bussen 256 und 294 bis Alt-Hohenschönhausen oder mit dem Auto über Landsberger Allee und Rhinstraße.

Zukunft in der DDR In den 1970er- und 1980er-Jahren hat die DDR Gastarbeiter aus Angola, Kuba, Mosambik, Ungarn und Vietnam für die Arbeit in den VEB-Betrieben des Landes angeworben. Und sie kamen zahlreich. Etwa 100.000 Gastarbeiter waren bis zum Mauerfall im Land beschäftigt, allein 60.000 davon aus Vietnam, das damals zu den ärmsten Ländern der Welt zählte. Viele hofften auf eine bessere Zukunft und

Alle Fenster wurden vor Jahren ausgebaut.

flogen in den Bruderstaat. Das war auch gut so, denn die DDR brauchte dringend Arbeitskräfte. Damit dies aber überhaupt möglich war, unterzeichneten die DDR und der sozialistische Bruderstaat Vietnam ein Abkommen. Dem Staat in Südostasien kam dieses Abkommen sehr gelegen, konnte er so der massiven Arbeitslosigkeit im Land entgegenwirken. Daneben wurden Devisen ins Land gespült, die die enormen Staatsschulden verringern sollten. Daher erhielten die vietnamesischen Gastarbeiter nur 88 Prozent ihres Bruttolohns ausgezahlt, der Rest ging an die Regierung in Vietnam.

Typischer Plattenbau

Harte Zeiten Um die vietnamesischen Gastarbeiter unterzubringen, baute man an der Rhinstraße Ecke Suermondstraße ein Wohnheim. In neun großen Plattenbauten mit zehn Etagen entstanden 1000 Wohnungen. So rosig, wie es sich viele Vertragsarbeiter vorgestellt hatten, war es dann aber gar nicht. Die Arbeitsverträge waren meist auf vier Jahre befristet, eine Integration in die Gesellschaft der DDR war nie vorgesehen. Die Gastarbeiter mussten im Akkord arbeiten und im Wohnheim auf 6 Quadratmetern wohnen. Besuche waren nur sehr eingeschränkt gestattet. Für die Betriebe trugen die Menschen keine Namen, sondern nur eine Nummer. Bei Schwangerschaft einer Arbeiterin wurde wohl angeblich auch mit Zwangsabtreibung oder Abschiebung gedroht. Man lockte die Gastarbeiter damit, dass sie in der DDR eine qualifizierte Ausbildung erhielten, um anschließend in den Betrieben und Fabriken weiterzuarbeiten. Die DDR-Betriebe hatten jedoch gar kein richtiges Interesse an der Ausbildung der Vertragsarbeiter. Schließlich wurden sie lediglich als un- und angelernte Kräfte für einfache Tätigkeiten in Schlachthöfen, im Tagebau oder in der Textilindustrie eingesetzt.

Das Pförtnerhaus passt nicht so recht hierher.

Rückreisewelle nach dem Mauerfall Als die Mauer fiel, war zunächst unklar, wie man mit den zahlreichen Gastarbeitern verfahren sollte. Da viele Betriebe und Fabriken im Zuge der Wende jedoch geschlossen oder abgewickelt wurden, löste man auch die Arbeitsverträge der Gastarbeiter auf. Sie verloren damit nicht nur Arbeit, sondern auch Wohnung und Aufenthaltsgenehmigung. Die Arbeiter erhielten einen kostenfreien Rückflug in die Heimat und 3000 D-Mark Entschädigung. Viele nahmen dieses Angebot dankend an, drohte doch allen die Arbeitslosigkeit. Einige Vietnamesen sind jedoch geblieben und leben heute meist in Mitte, Lichtenberg oder Marzahn-Hellersdorf. Schätzungen zufolge leben und arbeiten heute rund

Links: Neun Plattenbauten mit bis zu zehn Etagen

Rechts: Bis zu 1000 Wohnungen

26.000 Menschen vietnamesischer Herkunft in Berlin. Viele machten sich selbstständig. Aus dem Stadtbild sind die vietnamesischen Imbisse, Blumenläden oder Nagelstudios nicht mehr wegzudenken. Nicht alle hatten nach der Wende so viel Glück oder Mut. In den heruntergekommenen Wohngebäuden entlang der Rhinstraße hausten Hunderte Vietnamesen in überbelegten Bruchbuden. Sie verkauften als fliegende Händler warme Mahlzeiten oder geschmuggelte Zigaretten an Bahnhöfen.

Laternen braucht hier auch niemand mehr.

Keine Zukunft für die Plattenbauten

Blutige Auseinandersetzungen Das Vietnamesen-Wohnheim an der Rhinstraße war auch Schauplatz blutiger Bandenkriege. Mitte der 1990er-Jahre wurden im Innenhof des Wohnheims zwei Männer im Kugelhagel getötet. Ein dritter überlebte nur knapp. Damals ging es um viel Geld. Rivalisierende Banden kämpften um den lukrativen Handel mit geschmuggelten oder gefälschten Zigaretten. 2008 begann man die Häuser zu entkernen und die Fenster auszubauen. Derzeitige Eigentümer sind die HOWOGE sowie eine private Immobilienfirma. Ende 2019 wurde bekannt gegeben, dass das Gelände nun umstrukturiert werden soll. Die Plattenbauten sollen nach Fertigstellung des Bebauungsplans, vermutlich ab Anfang 2023, abgerissen werden. Wird danach der Bauantrag genehmigt, kann ab 2024 gebaut werden. In siebengeschossigen Flachbauten sowie fünf Punkthochhäusern mit 20 Etagen sollen insgesamt 2000 Wohnungen gebaut werden. Zudem sollen ein Kindergarten, eine Schule und Spielplätze entstehen. Gut wäre es ja, wo doch der Wohnungsmarkt in Berlin seit Jahren angespannt ist. Zahlreiche renommierte Graffiti-Künstler haben sich über die Jahre auf den Wänden der leerstehenden Gebäude verewigt. Die Berliner Street Art GmbH erfasste alle Graffiti und erstellte eine 600 Seiten lange Übersicht. Einige der Kunstwerke sind so wertvoll, dass es Überlegungen gibt, diese behutsam abzutragen, zwischenzulagern und in die neuen Häuser zu integrieren.

Das besondere Erlebnis

Für noch mehr Vietnam-Feeling lohnt sich ein Abstecher ins Dong Xuan Center, auch als Little Hanoi bekannt. In riesigen Hallen gibt es Shops und Läden mit allerhand Krimskrams, Kleidung, asiatischen Devotionalien und Plastikblumen. Daneben gibt es Imbisse, einen Friseur und andere Einrichtungen in vietnamesischer Hand (www.dong-xuan-berlin.de).

22 Zutritt verboten

»Verbotene Stadt« in Wünsdorf

Über Jahrzehnte war nur wenigen Außenstehenden der Zutritt zu einem Teil der brandenburgischen Stadt Zossen gestattet. Was hatte es damit auf sich?

Wünsdorf, Stadt Zossen, Teltow-Fläming, Brandenburg **Ort** Hauptallee, 15806 Zossen **GPS** 52.164088, 13.484613 **Anfahrt** Von Berlin reisen Sie entweder mit dem Auto über die B96 oder mit dem Regionalexpress RE5 oder RE7 an. Vom Bahnhof Wünsdorf-Waldstadt ist es ein kleiner Spaziergang zur Chausseestraße, die dann zur Hauptallee wird. Das Haus der Offiziere befindet sich auf der rechten Straßenseite.

Lange Militärgeschichte Ist die Rede von der »Verbotenen Stadt«, denken die meisten zunächst einmal an Peking. Aber nein, im Berliner Umland findet sich ein Areal, das der Bevölkerung ebenfalls für lange Zeit verschlossen blieb, ähnlich dem Palast der chinesischen Kaiser. Die militärische Nutzung des Ortes ist schuld und geht bis auf die Kaiserzeit zurück. Bereits 1910 wurden in Wünsdorf umfangreiche Kasernenanlagen mit Truppenübungsplatz und einer Infanterieschießschule eröffnet. So wurde der Grundstein für diesen recht speziellen Militärstandort gelegt. Während des Ersten Weltkriegs entstanden auf dem Gelände nicht nur die Kaiserliche Turnanstalt, sondern auch das sogenannte Halbmondlager mit der ersten Moschee auf deutschem Boden. Hier wurden muslimische Kriegsgefangene interniert, die auf der Seite der Briten und Franzosen gekämpft hatten. Man hoffte, die Gefangenen würden die Seiten wechseln und gegen ihre Kolonialherren aufbegehren. Die Moschee war zu diesem Zweck sogar Tag und Nacht geöffnet. Mit der Machtergreifung

Links: Treppauf, treppab

Rechts: Die Natur ist auf dem Vormarsch.

durch die Nationalsozialisten wurde Wünsdorf dann zum Sitz für das Oberkommando des Heeres und der Wehrmacht ausgebaut. Während dieser Zeit entstanden auch die riesigen Bunkeranlagen »Maybach 1«, »Maybach 2« und »Zeppelin«, die ebenfalls im Rahmen einer Führung besichtigt werden können.

Links: Nebenraum im Schwimmbad

Rechts: Mal wieder eine flotte Sohle aufs Parkett legen?

Streng bewachtes Sperrgebiet Nach dem Ende des Zweites Weltkriegs fiel Wünsdorf an die Rote Armee, die sich dort bereits für die Schlacht um Berlin einquartiert hatte. Die Bunker wurden von ihr größtenteils zerstört, um eine weitere militärische

Haus der Offiziere

Links: Unerwünschte Besucher müssen draußen bleiben.

Rechts: Hier ist Katzenwäsche verboten.

Nutzung zu verhindern. Für den Rest der Gebäude galt dies jedoch nicht. Das Gelände wurde mit einer Mauer versehen und durfte nur noch von sowjetischen Soldaten betreten werden. Häuser, Wohnungen und Geschäfte wurden geräumt und etwa 800 Bewohner östlich der Bahnlinie umgesiedelt. Zudem wurde die Bundesstraße 96 für den Durchgangsverkehr gesperrt. Auch der Bahnhof durfte nur noch durch die Armee genutzt werden. Zu Hochzeiten fuhr von hier täglich ein Zug nach Moskau. Innerhalb des umzäunten Gebiets entstand ein sowjetisches Kleinod mit Krankenhaus, Kindergärten, Schulen, Theatern, Schwimmbädern, Geschäften und mehr. Zwischenzeitlich lebten bis zu 75.000 Militärangehörige mit ihren Familien vor Ort. Nur wenige DDR-Bürger, die auf dem Gelände arbeiteten und über einen Spezialausweis verfügten, hatten ebenfalls Zugang. Mit der Wiedervereinigung war jedoch auch das Schicksal der Sowjetsoldaten besiegelt. Die Truppen zogen 1994 ab. Mit ihnen verschwand auch ein wichtiger Teil der Einrichtung: Das in Wünsdorf installierte Diorama zur Besetzung des Reichstages wurde entfernt und nach Russland gebracht.

Der Verfall ist nicht mehr aufzuhalten.

Geisterstadt im brandenburgischen Wald Möchte man die »Verbotene Stadt« heutzutage besuchen, so ist dies nur mit einer kostenpflichtigen Führung möglich. Das Gelände scheint in einen Dornröschenschlaf versunken zu sein, versprüht dabei aber einen ganz besonderen Charme. Es könnte an den zahlreichen Spuren der sowjetischen Vergangenheit liegen. Wo wird man heute noch von Lenin begrüßt, wenn man ein Grund-

stück betritt? Auch wenn er einem dabei nur die kalte – oder besser gesagt – versteinerte Schulter zeigt, tut es dem persönlichen Entdeckerdrang keinen Abbruch. Nicht nur das Areal, auch die sich darauf befindlichen Gebäude sind riesig. Mit ihren zahlreichen Treppen, Gängen und Nebengebäuden kann man sich leicht darin verlieren.

Trockenschwimmer willkommen

Und der Zukunft zugewandt Unzählige der hier befindlichen Kasernen wurden inzwischen zu Wohnhäusern umfunktioniert, Neubaugebiete für Einfamilienhäuser wurden geschaffen, Einkaufszentren gebaut und Einrichtungen des öffentlichen Lebens wiederbelebt. Doch ein großer Bereich des Geländes ist nach wie vor dem Verfall preisgegeben. Zukunftspläne gab es schon viele. Sie reichten von einem Weltwirtschaftspark über eine Beamtenstadt bis hin zu einem riesigen Sportzentrum. Aktuell ist eine klimaneutrale Stadt im Gespräch. Für die Eco City Wünsdorf sind die Initiatoren derzeit auf der Suche nach Investoren.

Hoch oder runter, das ist hier die Frage.

Das besondere Erlebnis

Wünsdorf trägt auch den Titel »Bücher- und Bunkerstadt« und macht seinem Namen alle Ehre. Es können zahlreiche Antiquariate, Museen und Bunker besucht werden, wobei für Letztere eine Anmeldung erforderlich ist. Sollten Sie sich etwas Abstand von Militärgeschichte jeglicher Art wünschen, finden Sie hier Wälder und Seen, die zu einem Spaziergang einladen und den Rest der Welt – zumindest für einen Moment – vergessen lassen.

23 Totale Kontrolle

Zentrale des Ministeriums für Staatssicherheit

Die Geheimpolizei der DDR war mehr als nur ein Instrument zum Schutz des Staates und seiner Bürger. Sie war Inbegriff der Macht und Überwachung.

Bezirk Lichtenberg, Berlin **Ort** Normannenstraße 20, 10365 Berlin **GPS** 52.514640, 13.487173
Anfahrt Mit der U5 bis zum Bahnhof Magdalenenstraße oder mit der S-Bahn bis zum Bahnhof Frankfurter Allee und von dort noch eine Station mit der U5 bis Magdalenenstraße oder ein kurzes Stück zu Fuß gehen.

Rechte Seite: Ehemaliges Dienstleistungs- und Versorgungsgebäude

Bedrückende Schwere Es ist schier unvorstellbar, was sich in diesem riesigen Gebäudekomplex in Berlin-Lichtenberg alles abgespielt haben muss, als das Ministerium für Staatssicherheit (MfS) hier noch seine Zentrale hatte. Heute kann das Areal zwischen Frankfurter Allee, Magdalenenstraße, Normannenstraße und Ruschestraße von jedem betreten werden. Zwischen 1961 und 1990 war der Zutritt nur den MfS-Mitarbeitern gestattet. Das Gelände war hermetisch abgeriegelt. Zu Beginn wurde zunächst nur das von 1930 bis 1932 erbaute Finanzamt Lichtenberg zur Unterbringung des MfS genutzt. Ende der 1970er-Jahre fand dann eine umfassende Erweiterung statt. Zu diesem Zweck wurden sogar von Max Taut erschaffene Wohngebäude abgerissen und die Neuapostolische Kirche umgesiedelt. Es entstand die Mehrheit der Gebäude, die noch heute vor allem durch ihre Größe beeindrucken. Unweigerlich erinnert man sich an diesem Ort an die Schicksale, von denen man gehört oder gelesen hat. Ein perfides System, in dem der Staat keinem seiner Bürger über den Weg traute, wurde hier perfektioniert und auf die Spitze getrieben. Zum Leben erweckt wurde das MfS, das im Volksmund meist nur »Stasi«, »Die Firma« oder »Horch und Guck« hieß, im Jahr 1950. Die in der Deutschen Demokratischen Republik (DDR) von 1949 bis 1990 nahezu allein herrschende Sozialistische Einheitspartei Deutschlands (SED) nutzte die Stasi zum Machterhalt. Sie war ihr »Schild und Schwert«.

Eines der etwa 30 Häuser auf dem MfS-Gelände

Umfangreiches Aufgabenspektrum Die Stasi war in erster Linie als Geheimdienst und -polizei tätig. Mit ihrer Hauptverwaltung Aufklärung (HVA) spionierte sie im Ausland, arbeitete mit Geheimdiensten aus dem Ostblock zusammen oder versuchte die Politik des Westens zu beeinflussen. Sie führte Sicherheitsüberprüfungen durch, die beispielsweise für Auslandsreisen, Beförderungen oder Studienzulassungen erforderlich waren. Ihre Hauptaufgabe bestand jedoch in der Einschüchterung der DDR-Bürger. Sie überwachte sie, spionierte sie aus, schüchterte sie ein, bedrohte sie ... Rechtsstaatlich war dieses Vorgehen nicht, doch diente es in den

RBK
MOLT

Augen der Machthaber einzig und allein dem Schutz der Partei und des Staates. Die Stasi griff in viele Bereiche ein. Selbst vor der Justiz machte sie nicht Halt. Menschen konnten ohne Rechtsgrundlage vorgeladen und inhaftiert werden. Einige wurden sogar verschleppt.

Riesiger Machtapparat Am effektivsten war vermutlich das System der »Inoffiziellen Mitarbeiter« (IM). Diese arbeiteten freiwillig oder auf Druck mit der Stasi zusammen; sie bespitzelten und denunzierten Freunde, Arbeitskollegen oder Verwandte. Selbst Ehepartner wurden aufeinander angesetzt. Unter ihrem Decknamen übermittelten die IM regelmäßig mündliche und schriftliche Berichte an die ihnen zugeordneten Stasi-Mitarbeiter. Einige erhielten dafür Prämien oder andere Vergünstigungen. Ins Visier der Stasi konnte eigentlich jeder geraten. Sei es wegen des Erzählens eines politischen Witzes in geselliger Runde, der Verwandtschaft zu Ausreisewilligen, des Tragens einer Aldi-Tüte in der Öffentlichkeit oder weil man in der von der SED ungeliebten Kirche aktiv war – all dies bot schon Anlass für ein Verhör.

Hier speisten und feierten Offiziere.

Links: Leuchtmittel vergangener Tage

Rechts: Erich Mielkes langjähriger Dienstsitz

Wende und friedliche Revolution Mit dem sich abzeichnenden Ende der SED-Diktatur im Spätsommer 1989 begannen MfS-Mitarbeiter auf Geheiß Erich Mielkes, dem

langjährigen Minister für Staatssicherheit, alle über die Jahre archivierten Akten der Stasi zusammenzutragen und zu vernichten. Als dies publik wurde, sammelten sich zahlreiche Demonstranten vor der MfS-Zentrale. Am 15. Januar 1990 stürmten sie schließlich das Gebäude. Daraus entstand eine Bürgerbewegung, die die Auflösung des MfS überwachte und vehement für den Erhalt der Akten und Originalräume eintrat. Diesen mutigen Mitmenschen ist es zu verdanken, dass das Haus 1 seitdem für die Öffentlichkeit zugänglich ist. Hier im Stasimuseum kann die ehemalige Ministeretage mit den Amts- und Arbeitsräumen Erich Mielkes besichtigt werden. Zudem gibt es umfangreiche Ausstellungen, die Einblick in die Arbeit des MfS und seiner Mitarbeiter geben. Opfer des mehrere Jahrzehnte andauernden repressiven Systems kommen ebenfalls zu Wort und berichten von ihrem Schicksal.

Hoch hinaus: 13-geschossiger Plattenbau mit ...

Das besondere Erlebnis

Das täglich geöffnete Museum (Mo–Fr 10–18 Uhr, sonst 11–18 Uhr) bietet Führungen zu verschiedenen Themen an. In einer von ihnen werden beispielsweise Drehorte von Serien und Filmen im Haus 1 vorgestellt. Dazu zählen Produktionen wie *Weissensee*, *Deutschland 83/86/89* und *Das Leben der Anderen*.

... über 1100 Büros sowie Laboren und Werkstätten

Kapitel 24:
Beelitz-Heilstätten

BESONDERE ORTE

24 Frische Luft

Beelitz-Heilstätten

Der wohl berühmteste Lost Place in Brandenburg darf in diesem Buch natürlich nicht fehlen: die Beelitz-Heilstätten. Was mit diesem Ort passiert und wie es in einen Saved Place umgewandelt wird, lesen Sie in diesem Kapitel.

Beelitz, Landkreis Potsdam-Mittelmark, Brandenburg **Ort** Straße nach Fichtenwalde 13, 14547 Beelitz-Heilstätten **GPS** 52.2652544, 12.919369 **Anfahrt** Mit dem Auto über die A9 bis zur Abfahrt Beelitz-Heilstätten oder die Landesstraße 88. Mit dem RE7 bis Beelitz-Heilstätten, den Hinweisschildern folgen.

Ein populärer Ort Die Beelitz-Heilstätten sind bereits seit Jahren ein beliebter Treffpunkt für Fotografen und Lost-Places-Fans. Sie sind schon lange kein Geheimtipp mehr und sicher den meisten Menschen aus Berlin und Brandenburg ein Begriff. Und zu Recht: Einer der größten Lost Places Deutschlands ist wahrlich ein Genuss und absolut faszinierend. Ende des 19. Jahrhunderts war die Industrialisierung in vollem Gange. Viele Berliner arbeiteten in den Fabriken der Stadt. Es waren anstrengende und zehrende Tätigkeiten. Körperliche Gebrechen und Lungenkrankheiten wie Tuberkulose, die damals viele Menschen das Leben kosteten, waren an der Tagesordnung.

Genesung von der Tuberkulose Die Medizin erzielte zu der Zeit gute Behandlungsergebnisse für Lungentuberkulose durch Kuren an Orten mit frischer, sauberer Luft.

Der berühmteste Lost Place in Brandenburg

Links: Lichtdurchflutete Treppenhäuser

Rechts: Hörsaal

Die großzügigen Waldgebiete um die Stadt Beelitz, 50 Kilometer südwestlich von Berlin entfernt, schienen sehr gut geeignet für das Bauvorhaben der Landesversicherungsanstalt Berlin. Baubeginn war 1898 und nach vier Jahren Bauzeit waren die ersten Gebäude mit 600 Betten fertiggestellt. Ab 1902 wurden sie als Lungenheilanstalt und Sanatorium genutzt. Die Kapazitäten waren jedoch schnell erschöpft, da die Zahl der Lungenkranken enorm zunahm. Ab 1908 wurde die Bettenanzahl um 600 erhöht. Die Patienten wurden in Zwei- oder Vierbettzimmern untergebracht.

Wunderschöne Gebäude mitten im Wald

Einst das modernste Krankenhaus der Region

Südlich der Bahnlinie entstanden Sanatorien zur Behandlung von nicht ansteckenden Krankheiten, nördlich die Lungenheilstätten. Beide Bereiche waren strikt nach Geschlechtern getrennt. Östlich der heutigen Landstraße nach Fichtenwalde befanden sich die Sanatorien und Heilstätten für Männer, westlich die Einrichtungen für Frauen. Sogar die Betriebsgebäude waren danach ausgerichtet, sodass in den östlichen Betrieben überwiegend Männer und in den westlichen Gebäuden überwiegend Frauen beschäftigt waren.

Ein modernes Krankenhaus Das denkmalgeschützte Ensemble umfasst etwa 60 Gebäude und galt seinerzeit als das fortschrittlichste und größte Krankenhaus der Region. Mitten im Wald gelegen, sollten sich die Patienten auf dem großzügigen Forstgrundstück von den Folgen der Tuberkulose erholen. Bei der Idylle muss die Genesung gut vorangeschritten sein. Auch wenn es sich um ein Krankenhaus handelte, wurde dennoch großer Wert darauf gelegt, dass die Aufenthaltsräume schön gestaltet wurden. Viele Zimmer und Gemeinschaftsräume haben große Fenster, Erker und Balkone. Die einzelnen Bettenhäuser verfügten über bis zu 350 Meter lange Liegehallen, denn die Behandlung von Tuberkulose beinhaltete damals auch eine sogenannte Liegekur, das ruhige Liegen an der frischen Luft. Es gab auf dem Gelände sogar eine Kirche mit Platz für 200 Gläubige. Dort wurden abwechselnd katholische und protestantische Gottesdienste abgehalten – ziemlich fortschrittlich für die damalige Zeit. Bis Mitte der 1920er-Jahre zählten die Heilstätten bereits über 100.000 Patienten. Als primäres Ziel der Behandlung galt das Verhindern von Erwerbsunfähigkeit und die Wiederherstellung der Arbeitskraft der Patienten. Die Fabriken der Stadt mussten weiterlaufen und jeder Arbeiter zählte.

Linke Seite: Auch von Innen wunderschöne Architektur

Eine Kleinstadt für sich Neben den Krankenhausgebäuden gehörten ein Heizkraftwerk, ein Wasserwerk, ein Elektrizitätswerk, eine Wäscherei und sogar eine eigene Post zum Gelände. Außerdem gab es Mehrfamilienhäuser für die Angestellten und Handwerker sowie eine kleine Ladenzeile mit Schreibwarengeschäft, Seifenladen, Schuhmacher und Schneiderei. Zur Sicherstellung der Versorgung der Patienten wurde das Gelände schnell um eine Fleischerei, eine Bäckerei sowie Anbauflächen für Obst und Gemüse erweitert. Gutshöfe in der Nähe kaufte man ebenfalls auf. Im Ersten Weltkrieg wurden die Beelitz-Heilstätten als Lazarett für verwundete Soldaten genutzt. Alle Patienten entließ man zuvor. Es gibt Gerüchte, dass auch der damals noch unbekannte Gefreite Adolf Hitler hier Patient gewesen sein soll. Erst zwei Jahre nach dem Ersten Weltkrieg wurde das Gelände wieder als Lungenheilstätte genutzt. Durch die Ausweitung des Berliner Stadtgebiets wurden den Beelitz-Heilstätten immer mehr Patienten zugewiesen. Die Heilanstalt kam abermals an die Grenzen der Kapazität. Zwischenzeitlich wurden sogar nur Frauen aufgenommen. Erst Mitte der 1920er-Jahre ließ man auch wieder männliche Patienten zu.

Überstandene Kriegsjahre Ende der 1920er-Jahre wurden weitere 200 Hektar Waldgelände dazugekauft, um eine Chirurgie für die Tuberkulosepatienten zu errichten. Im Zweiten Weltkrieg wurden die Gebäude teils stark zerstört. Danach und bis 1994 nutzte die Rote Armee die Heilstätte als Militärkrankenhaus. Es galt als das größte außerhalb der Sowjetunion. Ab Ende 1990 bis zur Ausreise nach Moskau Anfang 1991 waren die Heilstätten auch der Aufenthaltsort von Erich Honecker, der an Leberkrebs erkrankt war. Der Gebäudekomplex befindet sich seit einigen Jahren in stetem Wandel. Seit Mitte der 1990er-Jahre wurden einige Gebäude mit viel Liebe zum Detail saniert und restauriert. Mit dem Neurologischen Fachkrankenhaus für

Links: Liegehallen zur Behandlung von Tuberkulose

Rechts: Nicht enden wollende Flure

Parkinson, dem Fachkrankenhaus für Neurologische Frührehabilitation und der neurologischen Rehabilitationsklinik steht an diesem historischen Standort nun wieder das Wohl des Patienten im Vordergrund. Im ehemaligen Frauensanatorium entstand ein sogenanntes Creative Village mit Atelier- und Mietwohnungen ausschließlich für Kreativschaffende. Dennoch sind viele der 60 Gebäude nach wie vor verfallen. Die einzigartige Architektur, der Grusel-Charme der Heilstätte und die Melancholie des Verfalls versprühen einen ganz besonderen Reiz. Das nutzen auch Filmteams seit vielen Jahren und so entstanden Filme wie *Der Pianist*, *Operation Walküre* oder *A Cure for Wellness* auf diesem historischen Gelände.

Heute befindet sich hier ein Baumkronenpfad.

Viele Filme wurden in Beelitz bereits gedreht.

Das besondere Erlebnis

Die HPG Projektentwicklungs GmbH hat mit dem Projekt »Baum und Zeit« in den letzten Jahren etwas ganz Besonderes geschaffen. Auf einem Baumkronenpfad kann man über die verfallenen Gebäude spazieren und erhält dabei einen einzigartigen Blick aus der Vogelperspektive auf diesen Lost Place. Der erste Baumwipfelpfad Brandenburgs ist 320 Meter lang und bis zu 23 Meter hoch. Daneben gibt es diverse Führungen (u. a. auch in das Tunnelsystem der Heilstätten), einen Barfußpark, ein Café sowie Picknickplätze. Ein gelungenes Beispiel, wie man einen Lost Place behutsam restauriert und dennoch den Charme eines verlassenen Ortes erhält (https: //baumundzeit.de).

25 Mayday, mayday!

Flugplatz Karlshorst

Einst wurden hier Luftschiffe gebaut, später diente der Platz als Ausbildungsbetrieb für Luftbildfotografen. Die im Ersten Weltkrieg errichteten Flugzeughangars gelten bis heute als einzigartig. Seit Jahrzehnten starten hier nun jedoch weder Luftschiffe noch Flugzeuge.

Bezirk Treptow-Köpenick, Berlin **Ort** Köpenicker Allee/Straße am Alten Flugplatz, Karlshorst, 10318 Berlin **GPS** 52.483252, 13.5384632 **Anfahrt** Mit dem Auto über die Waldowallee, weiter auf der Köpenicker Allee. Mit der S-Bahn bis Karlshorst.

Alte Flugzeughallen Denkt man an Flughäfen und -plätze in Berlin, kommt den meisten sicher nicht Karlshorst in den Sinn. Doch tatsächlich befand sich an der Köpenicker Allee einige Jahre lang ein Flugplatz. Reste kann man bis heute noch sehen. Schaut man über die Mauern und durch die Metalltore entlang der Straße am alten

Ehemalige Fliegerstation Berlin-Friedrichsfelde

Flugplatz, kann man noch die Kuppeln der Flugzeughallen bestaunen. Leider sind die Gebäude in einem bedauernswerten Zustand. Luftschiffe waren Anfang des 20. Jahrhunderts sehr gefragt und wurden sogar für militärische Zwecke eingesetzt. Das Areal des heute verlassenen Flughafens Karlshorst gehörte damals Wilhelm von Siemens, dem Sohn des Industriellen Werner von Siemens. Auf Geheiß des preußischen Generaloberst Helmuth von Moltke ließ Siemens von Karl Janisch, dem Architekten der Siemensstadt, die weltweit erste, drehbare Luftschiffhalle errichten. Baubeginn war 1909. Die Halle war 25 Meter breit, 135 Meter lang und 25 Meter hoch.

Modernste Technik Der Clou dieser Luftschiffhalle war, dass man sie je nach Windrichtung so ausrichten konnte, dass die Luftschiffe beim Ein- und Ausfahren nicht beschädigt wurden. Dies war seinerzeit das größte Problem der Zeppeline, deren Aluminium-Korpus sich bei kleinsten Erschütterungen verbog. Die geöffnete Seite

Seit 100 Jahren stehen die Gebäude leer.

der Halle konnte vor der Einfahrt des Luftschiffs in den Windschatten gedreht werden, um Seitenwinde zu vermeiden. Eine komplette Drehung der Halle dauerte circa eine Stunde. Die Halle wurde 1909 fertiggestellt und diente ausschließlich dem Bau des Luftschiffes »Siemens-Schuckert I«. Während die von Graf Zeppelin erbauten Luftschiffe mit einer Aluminiumkonstruktion versehen waren, setzte man bei den Siemens-Schuckert-Werken auf eine Gummikonstruktion. Im Januar 1911 wurde das Schiff in der Luftschiffhalle in Biesdorf-Süd fertiggestellt und dort stationiert. Im gleichen Monat fand auch die 40-minütige Jungfernfahrt des Luftschiffes statt. Im Mai 1912 kam es bei einer Ausfahrt zu einer Havarie, das Luftschiff wurde demontiert und die Entwicklung von Luftschiffen bei Siemens daraufhin komplett eingestellt.

Umbau zum Flughafen Fast nahtlos fand der Übergang vom Luftschiff- zum Flughafen statt. Bereits im Jahr 1916 landeten Doppeldecker auf dem über 150 Hektar großen Gelände. Die Fliegerstation Berlin-Friedrichsfelde nutzte das Gelände. So wurden dort ab 1917 Flugzeuge montiert und Soldaten als Luftbildfotografen ausgebildet. Dazu wurden die heute noch zu sehenden Flugzeughangars von 1916/17 errichtet. Die Bauwerke verfügen jeweils über drei nebeneinander liegende Kup-

Flugzeughangars mit Kuppeldächern

peln. Sie haben Seltenheitswert und sind bis heute von nationaler Bedeutung. In ganz Deutschland gibt es wohl keine vergleichbaren Gebäude, die das Tragekonzept und diese außergewöhnliche Kuppelkonstruktion aufweisen. Vergleichbare Gebäude aus dieser Zeit in Jüterbog und Döberitz wurden gemäß Versailler Vertrag vollständig abgebaut. Mit Abschluss des Versailler Vertrages wurde auch diese Luftschiffhalle demontiert und der Flugbetrieb bis 1920 komplett eingestellt. Alle Flugzeughangars stehen unter Denkmalschutz, ihr Erhalt ist jedoch nicht garantiert. Bis 2002 befand sich auf dem Gelände des ehemaligen Flugplatzes Karlshorst die Forschungsanstalt für Schiffahrt, Wasser- und Grundbau.

Das besondere Erlebnis

Ganz in der Nähe in der Zwieseler Straße befindet sich das Deutsch-Russische Museum. In dem historischen Gebäude, in dem die bedingungslose Kapitulation Deutschlands das Ende des Zweiten Weltkriegs in Europa einläutete, befindet sich seit 1995 ein Museum. Zu sehen sind die Dauerausstellung »Deutschland und die Sowjetunion im Zweiten Weltkrieg« sowie wechselnde Sonderausstellungen (Di–So 10–18 Uhr, www.museum-karlshorst.de).

26 Mönche und Quacksalber

Franziskaner-Klosterkirche

Lost Places müssen nicht immer im Verborgenen liegen. Eine berühmte Ruine steht mitten in Berlin am Alexanderplatz. Vermutlich nicht als Lost Place wahrgenommen, wartet die Franziskaner-Klosterkirche mit einer bisweilen illustren Geschichte auf.

Bezirk Mitte, Berlin **Ort** Klosterstraße 73A, 10179 Berlin **GPS** 52.5179255, 13.4112401 **Anfahrt** Mit dem Auto über die Grunnerstraße am Alexanderplatz, dann rechts auf die Littenstraße. Mit den öffentlichen Verkehrsmitteln bis zum Bahnhof Alexanderplatz, dann 5 Minuten zu Fuß.

Rechte Seite: Die Klosterruine wird heute für Events genutzt.

Historische Mitte Berlins Die Franziskaner-Klosterruine unweit des Alexanderplatzes zählt zu den letzten noch erhaltenen Zeugnissen der Gründungsgeschichte von Berlin. Sie ist damit eines der bedeutendsten Baudenkmäler der Stadt. Und das Schöne: Sie ist öffentlich zugänglich (Mo–So 10–18 Uhr) und wird regelmäßig für Veranstaltungen genutzt. Während sich im historischen Zentrum der Stadt um Alexanderplatz, Nikolaiviertel, Molkenmarkt und Jüdisches Viertel über die Jahrhunderte so viel verändert hat und auch so viel zerstört wurde, ist die Klosterruine eine letzte Erinnerungsstütze, wie es einst in Berlin ausgesehen haben muss. Das

Feldsteine aus Brandenburg

Die erste Backsteinkirche der Region

Klostergebäude blickt auf eine wechselvolle Bau- und Nutzungsgeschichte zurück. Dank der städtebaulichen Planungen rund um den Molkenmarkt wird sie aus dem Dornröschenschlaf geholt und rückt wieder mehr in den Fokus der Stadt.

Architektonisches Highlight Das Franziskanerkloster wurde vollständig aus Backstein errichtet – als erste Kirche der Region. Es markiert damit den Beginn der Backsteingotik in Berlin und Umgebung. Erbaut wurde die Klosteranlage 1290 von Mönchen des Bettelordens der Franziskaner. Die Bauarbeiten dauerten bis in die erste Hälfte des folgenden Jahrhunderts. Im Jahr 1539 wurden die beiden damaligen Teile Berlin und Cölln im Zuge der Reformation protestantisch. Die Verwendung der Franziskaner-Klosteranlage wurde obsolet und der Konvent aufgelöst. Die Mönche erhielten jedoch lebenslanges Bleiberecht für das Kloster. Der letzte dort ansässige Franziskanermönch starb 1571.

Der erste Zoo Berlins In den folgenden Jahren nutzte der Alchimist und Leibarzt des Kurfürsten, Leonhard Thurneysser, die Klosteranlage. Er richtete hier seine Wohnung mit Bibliothek, eine Druckerei sowie Laboratorien ein. Er war Alchimist und selbsternannter Heiler und verkaufte Horoskope, astrologische Kalender und Talismane. Daneben gründete er die erste Druckerei Berlins. Hier produzierte er Schriftstücke auf Deutsch, Latein, Griechisch, Hebräisch und sogar Arabisch. Außerdem richtete er das erste naturwissenschaftliche Laboratorium der Region ein, für das er exotische Tiere auf dem ehemaligen Klosterhof hielt und einen Botanischen Garten anlegte. Es gibt Berichte, dass Thurneysser mit einem Panther an der Leine durch die Stadt flanierte. Die exotischen Tiere erwarb er vorwiegend von einem Hamburger Geschäftsmann, der sie den Matrosen im Hafen abkaufte. Der Tausendsassa Thurneysser betrieb ebenso die wohl erste Versandapotheke. Die Reichen und Schönen von Europas Höfen und Palästen ersuchten bei ihm schriftlich Hilfe für Leiden aller Art. Leonhard Thurneysser bot Ferndiagnosen mittels Urinuntersuchung an und versandte speziell zubereitete Medizin, nur gegen Vorkasse versteht sich. Im Jahr 1574 weihte Kurfürst Johann Georg von Brandenburg auf dem ehemaligen Klostergelände das erste Gymnasium der Stadt ein. Berühmte Schüler und Lehrer waren unter anderem Otto von Bismarck, Friedrich Ludwig Jahn und Karl Friedrich Schinkel. 1902 musste die Klosterkirche geschlossen werden, da Feuchtigkeit ins Mauerwerk eingedrungen war. 1936 wurde sie nochmals als Gotteshaus genutzt, bevor sie 1945 kurz vor Kriegsende bei Bombenangriffen auf Berlin stark zerstört wurde. Für den Ausbau des Berliner U-Bahnnetzes wurden 1951 Teile des nördlichen Seitenschiffes abgetragen und für die Verbreiterung der Grunerstraße wurden abermals Teile der zerstörten Klosterkirche abgerissen. Die Ruine wurde über die Jahre immer wieder saniert, um das Baudenkmal vor dem Zerfall zu bewahren.

Das besondere Erlebnis

Nach der Wende wurde der Förderverein Klosterruine e. V. gegründet, der sich um die künstlerische Nutzung des Klostergebäudes kümmert. Im Sommer finden immer wieder Musik- und Theateraufführungen, Ausstellungen sowie Lesungen unter freiem Himmel statt. Von der Klosterkirche lohnt sich ein Abstecher zu den Resten der alten Stadtmauer entlang der Waisenstraße samt historischer Gaststätte »Zur letzten Instanz« und Parochialkirche.

Links: Eine Ruine direkt am Alexanderplatz

Rechts: Gotische Fenster

27 Eskurial von Ruppin

Herrenhaus Gentzrode

Mit seinem orientalischen Stil wirkt das Herrenhaus wie aus der Zeit gefallen. Der verwunschene Wald drumherum macht die Idylle perfekt. Aber warum steht hier ein orientalisch anmutendes Haus mitten in einem Brandenburger Wald?

Gentzrode, Landkreis Ostprignitz-Ruppin, Brandenburg **Ort** Gentzrode, 16816 Neuruppin **GPS** 52.9792297, 12.7978888 **Anfahrt** Mit dem Auto über die L16.

Mitten im Wald Auf der Straße von Neuruppin zum Tierpark Kunsterspring führt rechts ein unscheinbarer Weg in den Wald. Nur wenige wissen, dass dieser zu einem kleinen Schatz für Lost-Places-Fans führt. Nach einem kurzen Spaziergang durch den mystisch anmutenden Wald gelangt man zum Herrenhaus Gentzrode. Neben dem Haupthaus befinden sich auf dem Gelände noch Nebengelasse, Werkstätten und Wirtschaftshäuser – alle gleichermaßen verfallen. Was sofort auffällt, ist der orientalische Baustil des Haupthauses und des Kornspeichers daneben. Tatsächlich war es im 19. Jahrhundert sehr angesagt, Gebäude im Stil der orientalisierenden Architektur zu erbauen. Sie stand für Weltgewandtheit und Reichtum. Mitte des 19. Jahrhunderts erwarb der Kaufmann, Tuchmacher und Torfstichbesitzer Johann

Der alte Kornspeicher

Christian Gentz die »Kahlen Berge« nördlich von Neuruppin. Gentz war Sohn eines Tuchmachers. 1820 kaufte er ein kleines Kurz- und Eisenwarengeschäft und konnte es durch seinen Unternehmergeist zu einem Bank- und Wechselgeschäft ausbauen.

Links: Die Gebäudesubstanz scheint noch intakt zu sein.

Rechts: Viele Zimmer hatten Kamine.

Reichtum durch Torf Gentz gelangte zu Reichtum durch die Torfgewinnung im Rhin-Luch. Die großen Erträge daraus ermöglichten es ihm, das Grundstück des heutigen Herrenhauses in Gentzrode zu erwerben. Es entstand zunächst eine Baumschule, gefolgt von einem monumentalen Kornspeicher. 1861 wurde dieser mit einem mittelalterlich anmutenden Rundturm versehen, der als Wohnturm für die Familie diente. Das Herrenhaus wurde im Stil des orientalisierenden Historismus ab 1876 erbaut. Die Entwürfe stammten von Martin Gropius und Heino Schmieden. Die gemusterten Wände, Bogen, Erker, Türmchen und Veranden sind heute wie damals ein echter Hingucker. Hier betrieb Johann Christian Gentz eine florierende Guts- und Forstwirtschaft mit Schloss und Park.

Einige Gebäude sind eingestürzt.

Theodor Fontane zu Besuch Der berühmte Schriftsteller stattete Gentz auf seinen »Wanderungen durch die Mark Brandenburg« auch ei-

Links: Mitten im Wald

Rechts: Einige Brände wüteten hier bereits.

nen Besuch ab. Er nannte es das »Eskurial von Ruppin«, in Anlehnung an die königliche Palast- und Klosteranlage San Lorenzo de El Escorial nordwestlich von Madrid. Fontane bereiste die Gegend um Neuruppin vom 18. bis zum 23. Juli 1859 zusammen mit Wilhelm Gentz, einem Sohn von Johann, und Bernhard von Lepel. Ab 1856 übernahm der Sohn Alexander Geschäft und Gutswirtschaft. Er konnte die Torfgewinnung zu einem Unternehmen mit etwa 1000 Mitarbeitern ausbauen und tätigte größere Investitionen. Diese sollten ihm jedoch zum Verhängnis werden. Hinzu kamen der Rückgang der Torfkonjunktur und die Wirtschaftskrise. Das Geschäft musste 1880 Konkurs anmelden und das Grundstück wurde verkauft. Die nachfolgenden Eigentümer hielten es nicht lange in Besitz. Der Versuch, dort Zuckerrüben anzubauen, scheiterte. Ein Jahr nach der Machtergreifung durch Hitler fiel das Grundstück bereits in den Besitz der Wehrmacht. Es wurde als Munitionslager und Schießplatz genutzt. Nach Kriegsende übernahm es die Rote Armee. Es wurden mehrere Gebäude ergänzt, wie zwei Wohnhäuser, ein paar Kasernen, eine Kindertagesstätte, ein Heizhaus sowie ein Lebensmittelgeschäft, das bis zu 5000 Personen versorgte. Das Anwesen wurde bis 1992 genutzt.

Verfall nach der Wende Nachdem die Rote Armee abgezogen war, verfielen die Gebäude zusehends. Der Unternehmer Hans-Werner Angendohr kaufte das komplette Anwesen mit seinen ca. 500 Hektar Land. Dort sollte ein Hotel errichtet werden. Aufgrund der bereits hohen Hoteldichte in und um Neuruppin verwarf man die Pläne jedoch wieder. Seit 2010 gibt es neue Eigentümer, die bisher jedoch keinerlei bauliche Erhaltungsmaßnahmen vorgenommen haben. Die Gebäude sind alle verfallen, das Dach des Herrenhauses ist eingestürzt. Das Gelände befindet sich im Dornröschenschlaf, inmitten unberührter Natur. Auf den Dächern wachsen Bäume.

Das Brandenburgische Landesamt für Denkmalpflege, das hier die Aufsicht führt, möchte einen Plan zur Rettung ausarbeiten lassen. In 2021 fanden erste Sicherungsmaßnahmen statt und der Wildwuchs in unmittelbarer Nähe zu den Gebäuden wurden beseitigt. Das Innere des Gutshauses wurde von eingestürzten Bauteilen und Schutt beräumt. Gemäß Gutachten befindet sich das Mauerwerk größtenteils in einem guten Zustand, die meisten Holzbalken können jedoch nicht mehr genutzt werden. Herrenhaus und Pferdestall müssen zunächst gesichert werden, bevor etwaige Sanierungsarbeiten stattfinden können. Danach sollen die Bedingungen für Sanierung und Restaurierung für neue Nutzungskonzepte geprüft werden. Die dafür notwendigen Bauarbeiten sollen 2022 erfolgen. Interessierte aus Neuruppin und Umgebung wurden in einem Bürgerdialog miteinbezogen, um neue Nutzungsideen zu erarbeiten.

Gebäude im orientalisierenden Historismus

Schöner Ausblick aus dem Herrenhaus

Das besondere Erlebnis

Ein Besuch der Fontanestadt Neuruppin lohnt sich sehr. Nicht nur aufgrund der schönen Lage direkt am schier endlos erscheinenden Ruppiner See, sondern vor allem wegen der malerischen Altstadt mit dem Marktplatz und den alten Fachwerkhäusern. Die historische Altstadt ist ein regelrechtes Gesamtkunstwerk des Frühklassizismus. Niemand Geringeres als Theodor Fontane und Karl-Friedrich Schinkel sind hier geboren.

28 Unterricht fällt aus

Institut für Anatomie der FU

Wo einst angehende Mediziner an Seziertischen Untersuchungen vornahmen, ist heute nur noch eine Ruine geblieben. Zwischen dem neuen Eigentümer Aldi und dem Bezirk herrscht seit Jahren ein Streit, was mit dem Gelände passieren soll. Wie kam es dazu?

Bezirk Steglitz-Zehlendorf, Berlin **Ort** Königin-Luise-Straße 15, 14195 Berlin **GPS** 52.4585316, 13.2984002 **Anfahrt** Mit der U9 bis Rathaus Steglitz oder U3 bis Dahlem-Dorf, der Rest zu Fuß. Mit dem Auto über die A113, Ausfahrt Steglitz, Weiterfahrt über Grunewaldstraße. Oder A100 (Abzweig Steglitz) bis zum Ende, dann weiter über Paulsen- und Grunewaldstraße.

Der Eingangsbereich des einstigen Instituts

Schandfleck im Villenviertel Die prestigeträchtige Königin-Luise-Straße: Villen und Herrenhäuser reihen sich aneinander im beschaulichen Dahlem. Und mittendrin das heruntergekommene Institut für Anatomie der Freien Universität Berlin. Direkt gegenüber steht das strahlende neue Gebäude des Instituts für Mikrobiologie der FU. Größer könnte der Kontrast nicht sein. Ein bisschen Mitleid für die Ruine schwingt mit. Es ist irgendwie schade, dass dieses einst ehrwürdige Gebäude seit der Schließung 2005 immer weiter verfällt. 76 Jahre war es in Betrieb und bereitete unzählige Medizinstudierende auf die Praxis vor. Errichtet wurde es bereits 1929 von Ernst Huntemüller. Nach dem Zweiten Weltkrieg wurde es dann von den Amerikanern, in deren ehemaligem Sektor sich das Gebäude befindet, als Anatomisches Institut eröffnet. Mit dem Gebäude sollte die räumliche Trennung von Institutsgebäude und Hörsaal aufgehoben werden. Zudem sollte es einen fachspezifischen Hörsaal samt Nebenräumen geben. Im Keller gab es Kühlkammern für Leichen und Seziertische, oben befanden sich Labore, Büros und Hörsäle. 2003 kam es zu einer Fusion der medizinischen Fakultäten der Humboldt- und Freien Universität. Sie

Hier lernen schon lange keine Studierenden mehr.

Graffiti an jeder Ecke

wurden nun als Charité – Universitätsmedizin Berlin fortgeführt. Im Zuge dessen kam es 2005 zur Schließung des Institutsgebäudes an der Königin-Luise-Straße in Dahlem. Der Campus Mitte diente fortan für Forschung und Lehre der Anatomie.

Aldi ist neuer Eigentümer Drei Jahre später erwarb der Discounter Aldi das über 5000 Quadratmeter große Gelände. Zunächst sollte der Discounter die Verkehrssicherungspflicht erfüllen. Der Zaun wurde repariert und wird seitdem überwacht. Darüber hinaus wurden zahlreiche Altstoffe vom Gelände entfernt, da zuvor mit großen Mengen von Lösungsmitteln, Chemikalien und sogar radioaktiven Substanzen gearbeitet worden war. Aldi wollte ein Nahversorgungszentrum mit Supermarkt errichten. Als der Bezirk jedoch von den konkreten Plänen für das Gelände erfuhr, entzog dieser den Investoren direkt die Baugenehmigung. »Ein Markt an dieser Stelle widerspricht dem Zentrenkonzept«, so Baustadtrat Norbert Schmidt. Der Bezirk möchte sowohl Geschäfte im nahe gelegenen Dahlem-Dorf sowie Shopping-Malls in Steglitz vor großem Konkurrenzdruck schützen. Der Aldi-Konzern und der Bezirk Steglitz-Zehlendorf zogen vor Gericht, der Discounter verlor. Auch die Revision 2014 wurde gegen Aldi entschieden. Ein bisschen stellt sich jedoch die Frage, was sich der Bezirk beim Verkauf des Grundstücks an den Supermarkt-Konzern dachte. Ist es nicht naheliegend, dass Aldi einen Supermarkt errichten würde?

Alle Fenster sind eingeschlagen.

Seit Jahren gibt es Streit um dieses Gelände.

Aldis Pläne für eine Nutzung Der Discounter hält auch nach dem Gerichtsurteil weiter an seinen Umgestaltungsplänen fest. Er wolle sich auch mit anderen Gewerbetreibenden der Gegend zusammensetzen und gemeinsam einen Plan für das Geschäftszentrum ausarbeiten. Für den vorderen Bereich ist eine komplette Umgestaltung angedacht, während der Vier-Seiten-Hof im hinteren Teil entkernt werden soll. Es soll keinesfalls ein neumodischer Einheitsbau entstehen, wie man es so oft in Berlin vorfindet. Vielmehr ist ein flaches Gebäude vorgesehen, das zum Charakter der Gegend passt. Ende 2019 wurde beim zuständigen Bezirksamt dann eine Abrissanzeige für das Gebäude eingereicht. Vorher wurde das Gelände bereits größtenteils von Büschen und Gestrüpp befreit. Ende 2021 wurde bereits mit ersten Abrissarbeiten begonnen. Nach dem Abriss soll der Antrag auf Baugenehmigung erfolgen. Da die ersten Nutzungskonzepte mit Supermarkt abgelehnt wurden, änderte das Unternehmen die Baupläne. Es sollen nun knapp über 100 Wohnungen entstehen, davon die Hälfte Appartements für Studierende und die andere Hälfte normale Wohnungen. Auch sozialer Wohnungsbau ist angedacht. Wann die Abrissarbeiten abgeschlossen sein werden, stand aktuell noch nicht fest. Es kann also sein, dass die Gebäude mit Erscheinen des Buchs leider schon für immer »lost« sind.

Das besondere Erlebnis

Dahlem bietet zahlreiche Ausflugsmöglichkeiten und Erlebnisse für Groß und Klein. Ob Tiere füttern in der Domäne Dahlem, ein Besuch des Museums Europäischer Kulturen oder des Alliierten-Museums, ein Spaziergang durch die umliegenden Villenviertel oder Schwitzen im Tropenhaus des Botanischen Gartens. Dazu kann man auf der vom Bezirk kreierten Dahlem-Route die schönsten Ecken auch mit dem Fahrrad erkunden.

29 Das modernste Krankenhaus in Europa

Säuglings- und Kinderkrankenhaus Weissensee

Es galt einst als eines der modernsten Kinderkrankenhäuser Europas. Trotz stetigem Ausbau und vieler Investitionen wurde es 1997 geschlossen. Warum ist dieses imposante Gebäude heute dem Verfall preisgegeben?

Dächer sind eingestürzt

Bezirk Weissensee, Berlin **Ort** Hansastraße 178/180, 13088 Berlin **GPS** 52.55355, 13.4806858 **Anfahrt** Mit der Tram M4, M13 und 27 bis Buschallee/Hansastraße oder mit dem Auto über die Buschallee.

Buschallee Ecke Hansastraße Die flachen Mehrfamilienhäuser aus den 1920er-Jahren lassen kaum vermuten, dass sich hinter ihnen ein verwunschener Lost Place verbirgt. Genauer gesagt das Säuglings- und Kinderkrankenhaus Weissensee. Zur Einweihung 1911 war es das erste Krankenhaus seiner Art in Preußen und avancierte schnell zum fortschrittlichsten Krankenhaus Europas. Heute ist das gesamte Gelände verlassen und verfallen. Fensterscheiben sind eingeschlagen, die Dächer in sich zusammengefallen, Dachstühle sind ausgebrannt, der Putz bröckelt überall und die Natur hat sich das Gelände mittlerweile zurückgeholt. Statt Schritte der Ärzte in den Gängen und Kinderstimmen hört man seit 1997 nur noch Vogelgezwitscher und den Wind in den Bäumen. Geht man die Hansastraße Richtung Nordosten, kann man über die hohen Mauern oder durch die Metalltore erste Blicke auf die alten Gebäude werfen. Es ist ein großes Gelände mit imposanter Fassade. Einen besseren Blick erhält man, wenn man auf der Buschallee 63–68 durch den Durchgang geht. Das Krankenhausgelände ist hier von einem hohen Gitterzaun umgeben, durch den man wunderbar auf die verfallenen Gebäude schauen kann.

Das Gelände wurde als Park angelegt.

Einst das modernste Krankenhaus Europas

Aber von Anfang an Zu Beginn des 20. Jahrhunderts hatte Deutschland mit einer hohen Säuglingssterblichkeit zu kämpfen. Die Gemeinde Weissensee beschloss, ein Kinderkrankenhaus zu errichten, das im Sommer 1911 mit einem Festakt eingeweiht wurde. Zu Therapiezwecken wurde das gesamte Gelände als Park angelegt, was heute noch deutlich zu erkennen ist. Es muss idyllisch gewesen sein. In dem Säuglings- und Kinderkrankenhaus wurden zu Beginn bis zu 40 Babys und Kleinkinder stationär behandelt. Es gab unter anderem eine Chirurgie, eine HNO-Abteilung sowie eine Station für Hautkrankheiten. Einzigartig war, dass es neben dem Krankenhaus auch ein Ausbildungszentrum samt Hörsaal für Schwesternanwärterinnen und werdende Ärzte sowie einen eigenen Kuhstall gab. In der »Milchkuranstalt« wurden über 30 Kühe gehalten und in der angeschlossenen Molkerei wurde die Milch zur Versorgung der Säuglinge produziert. Die überschüssige Milch verkaufte man an die Berliner Bevölkerung. Eine weitere Besonderheit war der Isolierpavillon im Park, in dem Keuchhusten und Diphtherie behandelt wurden.

Schluss war nach 86 Jahren Die Bettenzahl wurde nach und nach auf rund 100 erhöht. Die letzte Großinvestition erfolgte 1985–1987 mit der Errichtung eines neuen Bettenhauses. Jedoch entschied der Berliner Senat 1997, nach 86 Jahren Betrieb, das Krankenhaus aus Kostengründen zu schließen. Seitdem steht es leer. Erst viele Jahre später kaufte die MWZ Bio-Resonanz GmbH das Gelände vom Land Berlin für ei-

Seit über 20 Jahren steht es nun leer.

nen niedrigen sechsstelligen Betrag. Der geschlossene Vertrag vereinbarte Investitionen von zehn Millionen Euro. Es sollte ein eher dubios klingendes Heilzentrum entstehen. Mittels Radiowellen wollte man hier Aids und Krebs selbst im Endstadium heilen. In Russland sei dies wohl bereits erfolgreich getestet worden. Es tat sich jedoch nichts. Das Gelände wurde zum Magnet für Abenteuertouristen und Sprayer. In den vergangenen Jahren kam es zu einer Reihe von Bränden. Als Ursache vermutete man Brandstiftung. Der Verfall der Gebäude schritt zusehends voran. Nach langwierigen Gerichtsverhandlungen konnte die BIM Berliner Immobilienmanagement GmbH 2018 die Rückübertragung des Geländes durchsetzen. Seither wurden erste Ausbesserungsmaßnahmen durchgeführt, der Zaun wurde repariert, das Grundstück vom Schutt befreit. Es ist unter anderem geplant, eine Gemeinschaftsschule zu errichten. Aktuell müssen sich Bezirk, Senat und BIM noch verständigen, wie es konkret mit dem Gelände weitergeht.

Das besondere Erlebnis

Wer in der Gegend ist, dem sei ein Spaziergang um Oranke-, Ober und Faulen See empfohlen. Gerade in dem Waldstück rund um den Faulen See mag man kaum glauben, dass man noch in Berlin ist. An den Orankesee-Terrassen kann man im Sommer herrlich draußen im Biergarten sitzen und die Aussicht auf den See genießen (https://orankesee-terrassen.berlin).

30 Kein Land in Sicht

Schiff Dr. Ingrid Wengler

Denkt man an Lost Places, fallen einem zuerst zerstörte Gebäude ein. In der Spree an der Arena Berlin gibt es jedoch quasi ein Lost Boat, das dort seit Jahren traurig vor sich hindümpelt. Wie kam es dazu?

Bezirk Friedrichshain-Kreuzberg, Berlin **Ort** Eichenstraße 4, 12435 Berlin **GPS** 52.4977707, 13.4563554
Anfahrt Mit der S-Bahn bis Treptower Park, dann 10 Minuten zu Fuß entlang der Spree stadteinwärts. Mit dem Auto über Puschkinallee und Eichenstraße.

Schiff vor Anker Wer einmal auf dem Arena-Gelände an der Spree entlangspaziert ist, kennt es sicherlich: Das alte Wrack eines ehemaligen Ausflugsschiffes, das hier seit über 20 Jahren ein eher trostloses Dasein fristet. Viele fragen sich vermutlich im Vorbeigehen, welche Geschichte wohl hinter diesem Schiffswrack steckt. Es sieht kurios aus, fast wie eine Kunstinstallation, und passt irgendwie zu Berlin, wo vieles einfach unperfekt ist. Das 41 Meter lange Ausflugsschiff »Dr. Ingrid Wengler« rostet nun, halb versunken, seit 1996 vor der Arena Berlin unweit des Molucule Man vor sich hin. Große Flächen des einst weißen Lacks haben sich rotbraun verfärbt, Bullaugen und Fenster fehlen, die Türen stehen offen. Wind und Wetter der vergangenen Jahre haben ihre Spuren hinterlassen. Der Eigentümer des Wracks ist Franz-Günther van de Lücht, der dieses Schiff nach seiner verstorbenen Frau und Ärztin Dr. Ingrid Wengler benannte. Das Schiff war sein Ein und Alles, er lebte und arbeitete darauf. Er restaurierte das Frachtschiff Ende der 1980er-Jahre mit viel Liebe zum Detail zum kleinen, aber feinen Passagierschiff mit acht Doppelkabinen. Mit diesem organisierte er unter anderem Fahrten nach Brandenburg oder Mecklenburg-Vorpommern, und die »Dr. Ingrid Wengler« erfreute sich bei den Ausflugsgästen großer Beliebtheit.

Vom Pech verfolgt Van de Lüchts Schiffsreisen standen dann jedoch mehrfach unter einem schlechten Stern. So machten beispielsweise marode Schleusenkammern eine Durchfahrt unmöglich und Kapitän van de Lücht musste Fahrten abbrechen, umkehren und seinen Kunden Geld zurückbezahlen. Diese und weitere Vorkommnisse führten dazu, dass immer wieder Einnahmen wegbrachen und die Bank das Schiff schließlich beschlagnahmte. Einige Jahre ankerte es an der Halbinsel Stralau. Von dort wurde es eines Tages vom Wasser- und Schifffahrtsamt abgeschleppt und zum jetzigen Standort gebracht – angeblich hatte es an der Halbinsel eine öffentliche Anlegestelle blockiert. Kapitän van de Lücht, der auf dem Schiff lebte, wurde wohl vorab nicht informiert und hat seine ganz eigenen Theorien, weshalb dieser Zwangsumzug veranlasst wurde. Am neuen Standort gab es weder Strom- noch Wasseranschlüsse für das Schiff, van de Lücht konnte somit nicht mehr darauf wohnen. Und als wäre das nicht schon genug, platzten in einer eisigen Winternacht Leitungen im Schiff, Wasser drang ein, und es sackte ab. Van de Lücht zog gegen das Wasser- und Schifffahrtsamt vor Gericht und verlor.

Kein Ende in Sicht Es gab und gibt einige Initiativen zur Wiederbelebung des Schiffes. Dazu müsste es aber zunächst einmal an einen nahe gelegenen Steg gezogen werden. Das Wasser- und Schifffahrtsamt braucht dafür jedoch die Zustimmung des Eigners. Van de Lücht, verständlicherweise verärgert, will diese nicht erteilen, da er das Amt für den Zustand des Schiffes verantwortlich macht. Die Behörde hingegen sieht den Eigner in der Pflicht. So spielen sich beide Parteien seit Jahren den Ball hin und her, und das Ausflugsschiff »Dr. Ingrid Wengler« wird noch weitere Jahre in bester Lage vor sich hinrosten.

Das besondere Erlebnis

Wer das Schiffswrack aus nächster Nähe sehen möchte, kann dies auf einem Standup-Paddleboard tun. Das nahe gelegene Badeschiff Berlin vermietet diese SUPs stundenweise. Anfänger können auch Kurse besuchen, für Fitness-Fans gibt es sogar Yoga-Kurse auf dem SUP. Eine wirklich einmalige Gelegenheit, das Schiffswrack zu sehen, aber auch einen einzigartigen Blick auf Berlin zu bekommen (www.arena.berlin).

Ein Lost Boat mitten in der Spree

31 Höchst ausgeklügelt

Schrotkugelturm in Berlin-Rummelsburg

Über den Dächern von Rummelsburg ragt ein Turm in die Höhe, der auf den ersten Blick von Italien träumen lässt. Was hat es damit auf sich?

Rummelsburg, Bezirk Lichtenberg, Berlin **Ort** Nöldnerstraße 16, 10317 Berlin **GPS** 52.502216, 13.479301 **Anfahrt** Mit der S-Bahn bis zur Haltestelle Nöldnerplatz oder Rummelsburg und von dort ein kleines Stückchen zu Fuß, wobei der Bahnhof Rummelsburg quasi direkt gegenüber des Turmes liegt.

Nicht zu übersehen Fährt man mit der S-Bahn aus östlicher Richtung nach Berlin, stößt man in der Victoriastadt, einem Wohngebiet in Berlin-Rummelsburg, auf einen wirklich hohen, roten Backsteinbau. Er ragt über die Dächer hinaus und lässt einen zunächst an einen Fabrikschornstein denken. Doch kann man in seiner unmittelbaren Umgebung keinerlei Fabrik entdecken, für die ein Schlot dieser Größe nötig wäre. Wofür der im Stil oberitalienischer Geschlechtertürme errichtete Bau tatsächlich verwendet wurde, ist recht beeindruckend und lässt sich gut von seinem Namen ableiten. Der Schrotkugelturm wurde für die Produktion von Schrotkugeln genutzt. Auch wenn dieser Industriezweig für uns heute keine Bedeutung mehr hat, erzählt er doch ein besonderes Kapitel Berliner Geschichte.

Wohnen und arbeiten direkt nebeneinander Dieses auffällige Industriebauwerk gehörte der Firma Juhl & Söhne, die seit 1840 eine Werkstatt zur Bleiverarbeitung in Nürnberg betrieb. 1901 kaufte man die Grundstücke in der damaligen Prinz-Albert-Straße 15 und 16 und bebaute sie. Der 38 Meter hohe, rechteckige Turm wurde 1908 als Fabrikanbau dem bereits bestehenden Wohn- und Kontorhaus hinzugefügt. Kurioserweise gelangt man über das Treppenhaus des Wohnhauses zum Aufstieg. Der Turm überragt das Dach dabei um 18 Meter. Neben der Fertigung von Blei- und Blechplomben goss die Bleigießerei und Maschinenfabrik Juhl & Söhne hier Bleikugeln, Angel-, Netz- und Beschwerungsbleie sowie Schrotkugeln. Und wie lief der Prozess der Schrotkugelherstellung ab? Das Vorgehen kennen viele sicherlich von früheren Silvesterfeiern. Es ähnelt nämlich dem des Bleigießens. Nur ging es hier nicht um das Erstellen skurriler Figuren für den hoffnungsfrohen Blick in die Zukunft, sondern um möglichst gleichförmige runde Kugeln für die Schrotflinte.

Freier Fall Im obersten Geschoss des Turmes erhitzte man Bleiplatten in einem Schmelzofen, bis sie flüssig wurden. Dann wurde das geschmolzene Blei durch ein Sieb in eine lange Röhre mit etwa 80 Zentimetern Durchmesser nach unten fallen gelassen. Im freien Fall formte sich das Blei unter Oberflächenspannung zu kleinen Kugeln, die schließlich in ihrer Form erstarrten und in einem Wasserbecken landeten. Um die Oxidation der Bleikugeln zu verhindern, setzte man dem Wasser etwas Natriumsulfid und Öl oder Talg zu. Zu guter Letzt holte man die Kugeln aus dem Abkühlbecken, trocknete und sortierte sie. Im Gegensatz zu gegossenen Schrotkugeln, die vor der Verwendung abgefeilt werden mussten, waren diese Schrotkugeln

völlig nahtlos – und ihre Treffsicherheit unter Jägern legendär. Die Fenster des Schrotkugelturms waren übrigens nicht verglast. Sie bestanden aus luftdurchlässigen Holzlamellen, sodass warme Luft und Wasserdampf aufsteigen und entweichen konnten – das perfekte Klima für die Herstellung von Bleikugeln. Bis 1939 wurde dieser einzigartige Turm für die Herstellung von Bleischrot genutzt. Zu DDR-Zeiten gehörte er als Gießerei zum VEB Druckguss und Formenbau. In den Räumen der Werkstatt bauten Schüler als Teil des Unterrichtsfachs »Produktive Arbeit« bis zum Fall der Mauer Fahrradtachometer zusammen. Der Turm ist der letzte seiner Art in Berlin und Brandenburg. Er steht seit 1994 unter Denkmalschutz und kann während einer Führung besichtigt werden. 1998 wurde er umfassend saniert.

Erstklassiger Backsteinbau in zweiter Reihe

Das besondere Erlebnis

Von hier empfiehlt sich der Besuch des auf der anderen Seite der S-Bahn-Trasse gelegenen Kaskelkiezes. Mit seinen kleinen Läden, charmanten Cafés und sanierten Altbauten erweckt er fast den Eindruck einer Kleinstadt im Brandenburgischen. Ebenso einladend ist der nahe gelegene Rummelsburger See mit der Halbinsel Stralau. Hier kann man nicht nur herrlich spazieren und flanieren, sondern dank der zahlreichen Hinweistafeln einiges über die äußerst bemerkenswerte Geschichte von Stralau erfahren.

32 Trockenschwimmen in Endlosschleife

Hubertusbad in Lichtenberg

Was einstmals als Berlins modernstes Bad galt, hat heute zwar seinen Glanz, aber keinesfalls an Charme verloren. Warum zieht seit 1991 hier niemand mehr seine Bahnen?

Bezirk Lichtenberg, Berlin **Ort** Atzpodienstraße 6, 10365 Berlin **GPS** 52.513357, 13.492898 **Anfahrt** Mit der S-Bahn bis Lichtenberg oder mit der U-Bahn bis Magdalenenstraße, den Rest zu Fuß. Oder mit dem Bus 240 bis zur Haltestelle Atzpodienstraße/Magdalenenstraße fahren und dann laufen.

Versteckt, aber nicht unentdeckt Unfassbar, welch architektonische Juwelen sich in Berlins Straßen im Verborgenen halten. Das gilt auch für das Hubertusbad Lichtenberg, über das man, wenn man noch nie davon gehört hat, sicherlich nicht gerade spontan stolpern würde. Von der Straße aus betrachtet, nimmt man es nämlich nicht sofort als Schwimmbad wahr. Die im Stil des Expressionismus gehaltenen Details sieht man wegen des schlechten baulichen Zustands leider auch erst auf den zweiten Blick, freut sich dann aber umso mehr. Doch was genau verbirgt sich dahinter?

Erst einmal umziehen und das Geschehen von oben beobachten.

Links: Das nennt man wohl Froschperspektive.

Rechts: Türkis ist Trumpf.

Körperpflege für jedermann Mit dem ausgehenden 19. Jahrhundert erkannte man, dass mit der Industrialisierung nicht nur die Anzahl der Menschen, die nun auf engstem Raum in den Großstädten wohnten, sondern auch die Zahl der Infektionskrankheiten anstieg. Der Ruf nach regelmäßiger Körperpflege und damit einhergehend der Einrichtung öffentlicher Bäder wurde laut. In Berlin trieb der Berliner Verein für Volksbäder unter Mitwirkung diverser namhafter Personen wie den Unternehmern James Simon und Oskar Hahn sowie den Medizinern Robert Koch und Rudolf Virchow die Entwicklungen voran. Man wollte der Bevölkerung regelmäßiges Baden zu günstigen Preisen ermöglichen. Im Jahr 1899 ging aus dieser Bewegung dann die Deutsche Gesellschaft für Volksbäder hervor. Oberstes Ziel war es, »jedem Deutschen einmal in der Woche ein Bad« zu ermöglichen. Mit dem Ersten Weltkrieg fanden diese Bestrebungen leider ein jähes Ende. Erst in den 1920er-Jahren wurde die Idee des Volksbads wiederbelebt. So gilt das Lichtenberger Hubertusbad als erstes deutsches Volksbad, das nach dem Ersten Weltkrieg geplant und gebaut wurde.

Ein Eingang, der sich sehen lassen kann.

Mehr als nur Katzenwäsche Zur Eröffnung des Hubertusbades im Jahr 1928 gab es für den

Als Unisex noch nicht im Duden stand.

Großteil der Lichtenberger nach wie vor nur wenige Orte zur umfassenden Körperreinigung. Im Sommer wurden Fluss- und Freibäder aufgesucht, um ins kühle und reinigende Nass zu steigen. Im Winter hingegen standen lediglich vereinzelte Warmbadeanstalten zur Verfügung, an denen man neben seinem Körper auch seine Wäsche waschen konnte. Das änderte sich mit dem für damalige Verhältnisse sehr modern ausgestatteten Stadtbad Lichtenberg. Hier gab es ein Männer- und ein Frauenschwimmbecken, medizinische Bäder, eine russisch-römische Abteilung, eine Wannenabteilung sowie einen Bereich für physiotherapeutische Behandlungen und darüber hinaus sogar einen Fahrstuhl. Die beiden Schwimmhallen wurden rege von Familien genutzt. Die Geschlechtertrennung war schon bald nicht mehr aktuell. Den Zweiten Weltkrieg überstand das Hubertusbad leider nicht unbeschadet, es wurde zu DDR-Zeiten aber wieder umfassend für Betriebssport und Schwimmunterricht genutzt. Mit der Errichtung zahlreicher Neubaugebiete verlor das Bad im Lauf der Jahre zunehmend an Bedeutung, da dort nun auch große, neue Schwimmhallen entstanden. Außerdem wurden seit Langem bestehende Baumängel mit der Zeit immer gravierender. 1988 musste aus diesem Grund bereits die Männerschwimmhalle schließen. Nach einer Havarie wurde 1991 dann schließlich das komplette Bad dichtgemacht.

Ordnung muss sein.

Beeindruckende Badarchitektur

Blick in die Zukunft Die Denkmalschutzbehörde rät wegen der umfangreichen Eingriffe in die Bausubstanz von einer Komplettsanierung und Wiederbelebung als Schwimmbad ab. Aktuell zeichnet sich die BIM Berliner Immobilienmanagement GmbH für das Bad verantwortlich. Sie lässt das Gebäude nun in zwei Abschnitten sanieren. Derzeit wird das ehemalige Frauenbad zu einem Veranstaltungsort und Begegnungszentrum umgebaut. Bis 2026 folgt dann auch das einstige Herrenbad. Geschwommen wird im Hubertusbad wohl nie wieder.

Echte Automatenwirtschaft

Das besondere Erlebnis

In der näheren Umgebung liegt das Stasimuseum Berlin, das eine komplett andere Geschichte zu erzählen hat, aber nicht weniger interessant ist (www.stasimuseum.de). Sollten Sie etwas mehr Frischluft wünschen, empfiehlt sich der Besuch des Zentralfriedhofs Friedrichsfelde, der auch als Sozialistenfriedhof bekannt ist. Hier finden sich Gedenkstätten prominenter Sozialdemokraten und Kommunisten wie Rosa Luxemburg, Karl Liebknecht, Ernst Thälmann, Franz Mehring, Wilhelm Pieck und Walter Ulbricht.

33 Der Feind hört mit!

US-Abhörstation auf dem Teufelsberg

Das auf einer Erhebung im Grunewald stehende Gebäudeensemble ist und bleibt ein besonderes Symbol des Kalten Krieges. Wo einst die Amerikaner den Feind im Osten abhörten, herrscht seit Jahren Leerstand.

Grunewald, Bezirk Charlottenburg-Wilmersdorf, Berlin **Ort** Teufelsseechaussee 10, 14193 Berlin **GPS** 52.497325, 13.239727 **Anfahrt** Es empfiehlt sich die Anreise mit dem Pkw oder dem Fahrrad. Vom S-Bahnhof Grunewald sind es 2,6 Kilometer Fußweg.

Größte Graffiti-Galerie Europas Mitten durch das Grün des Grunewalds führt der Weg, bevor man bass erstaunt vor der ehemaligen Abhörstation steht. Die einen kommen wegen der Geschichte, die anderen wegen der unglaublichen Aussicht. Und dann wären da noch diejenigen, die diesen Ort vor allem wegen der zahlreichen Street Art aufsuchen. Es handelt sich angeblich um die höchstgelegene Street-Art-Galerie Europas. Und die kann sich auf jeden Fall sehen lassen. Hier haben sich

Von hier belauschten die Alliierten den Ostblock.

nicht nur bekannte Berliner Künstler, sondern Graffiti-Stars aus der ganzen Welt verewigt. Besteigt man das leer stehende Gebäude, wird man mit einem fantastischen Blick auf die in der Ferne liegende Hauptstadt belohnt. Hier, auf der zweithöchsten Erhebung des Berliner Stadtgebiets, hat man plötzlich das Gefühl, ganz weit weg zu sein – gedanklich und räumlich. Aber auch nur solange, bis man sich fragt, was genau das hier eigentlich ist ...

Die Zeit hat ihre Spuren ...

Allmachtsfantasien Anfang des 20. Jahrhunderts war die Gegend noch von Schlick und Moor geprägt. In den 1940er-Jahren entdeckten die Nationalsozialisten das Gelände dann im Rahmen ihres Projekts »Welthauptstadt Germania« für sich. Hier entstand der Rohbau für die Wehrtechnische Fakultät, dem ersten Teilabschnitt einer gigantischen Hochschulstadt. Mit Beginn des Zweiten Weltkriegs wurden die Bauarbeiten jedoch eingestellt und aus bekannten Gründen nie wieder aufgenommen. Nach dem Krieg wurde das Gebäude gesprengt und das gesamte Areal zu einer Schutt-Deponie erklärt. Ab 1950 brachten Lastwagen die Trümmer des zerstörten Berlins

... und jede Menge Street Art hinterlassen.

Rechte Seite oben:
Die Aussicht kann sich sehen lassen.

in das Gebiet nahe der Heerstraße und füllten die verbliebenen Ruinen mit Schutt auf. In kürzester Zeit entstand hier die für ihre Zeit höchste Erhebung West-Berlins. Bis zum Jahr 1972 wurden insgesamt 26 Millionen Kubikmeter Trümmerschutt abgeladen. Um das Ganze etwas ansehnlicher erscheinen zu lassen, wurde das Gelände schließlich mit Sand und Mutterboden aufgeschüttet und mit etwa einer Million Bäumen bepflanzt.

Rechte Seite unten:
Raum für Ideen oder Investorengrab?

Den Ostblock ausspioniert Bereits in den 1950er-Jahren erkannte die US-Armee die Vorteile dieses Standortes und installierte eine zunächst mobile Abhöranlage im eigentlich zur britischen Besatzungszone gehörenden Grunewald. Die Briten folgten und mit dem Ende des Schuttabladens stand fest, dass hier fortan Spionage betrieben werden sollte. Es entstand die Field Station Berlin mit ihren fünf eindrucksvollen Radarkuppeln, mit denen Funksignale aus dem Gebiet des Warschauer Paktes empfangen, abgehört und teilweise sogar gestört wurden. Hauptbetreiber der Abhörstation war die amerikanische National Security Agency, die mit dieser besonderen Spionageeinrichtung auch Teil des weltweiten Echelon-Netzwerkes war. Nach dem Fall der Mauer wurden die elektronischen Einrichtungen abgebaut und die Station wurde 1991 von den Amerikanern und Briten aufgegeben. Das Ende der Anlage war damit jedoch noch nicht besiegelt. Es wurden neue Radaranlagen installiert und noch bis 1999 zur zivilen Luftüberwachung des Flugverkehrs genutzt.

Unauffällig ist anders.

Viele Ideen ohne Zukunft Wenig später verkaufte der Berliner Senat das Grundstück an einen privaten Investor, der hier exklusive Wohnungen, ein Museum, eine Gaststätte sowie ein Hotel mit Tagungszentrum plante. Das Projekt scheiterte aber am massiven

Widerstand von Umweltschützern und den in die Höhe schnellenden Baukosten. Auch weitere Ideen wie die Einrichtung einer Yoga-Universität oder das erneute Zuschütten des Areals konnten nicht in die Tat umgesetzt werden. Die Zukunft des Teufelsberges ist zum gegenwärtigen Zeitpunkt nach wie vor ungewiss. Das Gelände ist bereits seit Längerem zur Besichtigung freigegeben und kann entweder auf eigene Faust oder bei einer Führung erkundet werden (www.teufelsberg-berlin.de).

Das besondere Erlebnis

Der Teufelsberg und der direkt nebenan gelegene Drachenberg sind immer einen Ausflug wert. Man kann hier ganzjährig Drachen steigen lassen, Rad fahren oder wandern gehen. Im Sommer sollte man den nahen Teufelssee, der dem Teufelsberg seinen Namen gab, einen Besuch abstatten oder ein Picknick fernab des Großstadtlärms machen. Im Winter wiederum ist Rodeln angesagt. Der Grunewald selbst hat auch einiges zu bieten. Besichtigen Sie den Grunewaldturm oder spazieren Sie entlang der Havel zum Wannsee.

Register

Impressum

Verantwortlich: Dr. Johannes Abdullahi
Layout und Umschlaggestaltung: BUCHFLINK Rüdiger Wagner
Covergestaltung: Leeloo Molnar
Repro: Cromika/ P.R.O. MEDIEN PRODUKTION
Herstellung: Stephanie Schlemmer/Alexander Knoll
Printed in Slovenia by Florjancic

★★★★★

Sind Sie mit diesem Titel zufrieden? Dann würden wir uns über ihre Weiterempfehlung freuen. Erzählen Sie es im Freundeskreis, berichten Sie Ihrem Buchhändler, oder bewerten Sie beim Onlinekauf. Und wenn Sie Kritik, Korrekturen, Aktualisierungen haben, freuen wir uns über Ihre Nachricht an Bruckmann Verlag, Postfach 40 02 09, D-80702 München oder per E-Mail an lektorat@verlagshaus.de

Unser komplettes Programm finden Sie unter www.bruckmann.de

In diesem Buch wird aus Gründen der besseren Lesbarkeit das generische Maskulinum verwendet. Weibliche und anderweitige Geschlechteridentitäten werden dabei ausdrücklich mitgemeint, soweit es für die Aussage erforderlich ist.

Empfehlung der Redaktion Sie sind auf der Suche nach weiterführender Literatur? Dann empfehlen wir Ihnen den Titel »Lost & Dark Places Franken« von Benedikt Grimmler.

Die Bilder im Innenteil stammen von den Autorinnen außer: 4: EWN; 14/15: Elias Hudlet; 30: Caroline Ebersoll; 50: Museen Tempelhof Schoeneberg; 51: Jörg Tilmes Wikimedia; 52 links: Gesche Wuerfel; 52 rechts: Museen Tempelhof Schoeneberg; 53 oben: imago images/eventfotografen.de; 53 unten: Jörg Tilmes Wikimedia; 60: CC-Brunhilde-Schaefer-Wikimedia-Commons; 135/136 jeweils oben links und oben rechts: Jens Bretschneider; 154: Oscar Wikimedia; 155 oben: Parkinpants Wikimedia; 155 unten: Sarahmirk Wikimedia; 156: Jochen Teufel Wikimedia; 157 oben: Oscar Wikimedia; 157 unten: Aleksandr Zykov Wikimedia

Texte von Corinna Urbach: 1, 3, 4, 5, 6, 10, 11, 12, 14, 17, 22, 23, 31, 32, 33
Texte von Christine Volpert: 2, 7, 8, 9, 13, 15, 16, 18, 19, 20, 21, 24, 25, 26, 27, 28, 29, 30

Umschlagvorder- und -rückseite: Beelitz Heilstätten (Kapitel 24)

Die Deutsche Nationalbibliothek verzeichnet diese Publikation in der Deutschen Nationalbibliografie; detaillierte bibliografische Daten sind im Internet über http://dnb.d-nb.de abrufbar.

2. Auflage 2022

ISBN: 978-3-7343-1932-7